BIBLIOTHÈQUE
DU THÉATRE MODERNE

LES
AMOURS D'ÉTÉ

FOLIE-VAUDEVILLE EN QUATRE ACTES

PAR MM.

AUGUSTE POLO & FRÉDÉRIC VOISIN

Représentée pour la première fois, à Paris, sur le théâtre des Folies-
Dramatiques, le 15 juillet 1865.

PARIS
E. DENTU, ÉDITEUR
LIBRAIRE DE LA SOCIÉTÉ DES GENS DE LETTRES
PALAIS-ROYAL, 17 ET 19, GALERIE D'ORLÉANS

—

LES

AMOURS D'ÉTÉ

Coulommiers. — Typ. A. MOUSSIN et CHARLES UNSINGER.   89-65.

LES
AMOURS D'ÉTÉ

FOLIE-VAUDEVILLE EN QUATRE ACTES

PAR MM.

AUGUSTE POLO & FRÉDÉRIC VOISIN

Représentée pour la première fois, à Paris, sur le théâtre des Folies-Dramatiques, le 15 juillet 1865.

PARIS

E. DENTU, ÉDITEUR

LIBRAIRE DE LA SOCIÉTÉ DES GENS DE LETTRES

PALAIS-ROYAL, 17 ET 19, GALERIE D'ORLÉANS.

—

1865

Personnages :

SPARTACUS, carabinier................	MM.	VAVASSEUR.
VAREMBOURDE, rentier..............		MILHER.
FRÉDÉRIC, poëte..................		P. GINET.
LA HOULETTE, peintre..............		CHAUDESAIGUES.
DOMINO, négociant retiré............		NEVEU.
UN MONSIEUR....................		JEAULT.
GUSTAVE, gandin.................		L. DÉPY.
NATOLE.........................		HENRI.
LE LOUEUR		BLANQUIN.
MARCHAND DE COCO..............		VIARD.
SALAMBO.......................	Mlles	ANGÈLE LEGRAND.
CORINNE, femme de Domino........		CHARLOTTE BARDY.
BLONDINETTE....................		THEVENIN.
TITINE.........................		JULIETTE.
ZIDORE........................		ROBERT.
ANITA.........................		JULIA TARBESSE.
NINI..........................		JULIA.

PROMENEURS, ÉTUDIANTS, GRISETTES.

LES
AMOURS D'ÉTÉ

ACTE PREMIER

Une vue du jardin du Luxembourg. — Au milieu de la scène, une statue de Jeanne-Hachette entourée de chaises. — A droite, le kiosque de lecture; à droite et à gauche, bancs de jardin.

SCÈNE PREMIÈRE

LE MONSIEUR, SPARTACUS, LE LOUEUR, LE MARCHAND DE COCO, LA MARCHANDE DE PLAISIRS, PROMENEURS.

Au lever du rideau, le Monsieur est assis sur le banc de gauche, face au public; il lit un journal. — Spartacus, sur le même banc, dos au public ; il lit également un journal. — Groupes divers. — Promeneurs allant et venant *.

CHŒURS.

Air : *De Fortunio.*

Ah ! qu'on est bien au Luxembourg !
Quel aimable et riant séjour !
Gazons en fleurs,
Oiseaux chanteurs,
Ombre tranquille,
Charme discret,

* Le Monsieur, Spartac

> Oui, tout nous plaît
> Dans cet asile.
> Ah ! qu'on est bien au Luxembourg !
> Quel aimable et riant séjour !

LE MONSIEUR, se lève, traverse la scène et va au kiosque. (Au Loueur. *)

L'*Indépendance* ?

LE LOUEUR.

En lecture.

LE MONSIEUR.

Encore ! Voilà deux fois que je lis la *Patrie*.

LE LOUEUR.

Vous devez en avoir passé.

LE MONSIEUR.

Vous croyez ! (Il s'assied sur le banc de droite, et se remet à lire.)

SPARTACUS, posant son casque par terre et se retournant en lisant.

« ..... Et quand la lune parut, on vit une ombre blanche se glisser jusqu'au carrefour de la Roche-bleue ; une autre ombre l'attendait ; ces deux ombres, c'étaient la comtesse et le chevau-léger, car elle l'aimait !... » Elle l'aimait, un simple chevau-léger ! un carabinier de ce temps-là, quoi ! (Il reprend sa lecture.)

SCÈNE II

LE MONSIEUR, SPARTACUS, ZIDORE, NATOLE. **

ZIDORE, entrant, jette trois sous en l'air, puis regarde à terre.

Deux faces ; gagné.

NATOLE, portant un sac dont le fond traîne par terre.

Toujours ! Tu n'as que ça de chance...

ZIDORE.

Et toi donc ! apprends que je t'emmène avec moi au Vésinet, gamin !

NATOLE.

Au Vésinet !... tu as toujours eu le goût des voyages... mais pourquoi faire ?

ZIDORE.

Je me ferai guide ; je vendrai des plans du bois ; j'aurai des pourboires dans les restaurants... Je t'associe à mon entreprise... Seulement avance les fonds.

* Spartacus, Le Monsieur.
** Spartacus, Zidore, Natole, Le Monsieur.

NATOLE, retournant ses poches.

Je suis à sec pour le moment, mais j'attends des rentrées...
Cependant, si tu veux accepter cet à-compte? (Il désigne son sac.)

ZIDORE.

Qu'est-ce que c'est que ça?

NATOLE.

Un toutou que j'ai trouvé au sortir de l'exposition des
chiens.

ZIDORE.

J'accepte... ça se place très-bien avec un ruban rose au
cou. (Un marchand de coco passe dans le fond en criant : A la fraî-
che, qui veut boire?) Offre-moi un cinquième de coco à l'œil
pour ratifier le marché.

NATOLE.

Ça va... Eh ! père Noé ! (Ils s'approchent du marchand de coco.)

ZIDORE.

Deux coupes de votre nectar, et sans faux-col. (Le marchand
de coco leur verse à boire.)

SCÈNE III

LES MÊMES, puis GUSTAVE.

LE MONSIEUR, se levant et allant au kiosque.

L'*Indépendance?*

LE LOUEUR.

En lecture.

LE MONSIEUR.

Toujours !

LE LOUEUR.

Vous avez la *Patrie.*

LE MONSIEUR.

Elle n'est pas complète, votre *Patrie;* je ne trouve pas l'affaire de la rue de Lourcine.

LE LOUEUR.

Elle y est... regardez aux annonces.

LE MONSIEUR.

Voyons... (Il se rassied, et lit.) « Souliers sans semelles, chapeaux, orgues de voyage, tabatières hygiéniques, mariages
à forfait... » (Il continue de lire tout bas.)

SPARTACUS, cessant de lire.

Ça y est... Elle l'idolàtrait, le chevau-léger... Et qu'incon-
testablement il est officiel que le chevau-léger, comme sta-
ture et comme *inducation,* il était moins bel homme que le
carabinier... mais sera-t-elle blonde ou brune ? (Il réfléchit.)

Comment le savoir ?... (Après une pause.) Ah ! je vais sans doute trouver ça dans *l'Avenir national.* (Il va au kiosque, prend un journal et sort.)

GUSTAVE, entrant *.

Elle n'est pas au rendez-vous... (Il cherche.) Je vais lui écrire. (Il s'assied devant le kiosque et écrit sur une des feuilles de son calepin.) Corine, si vous ne venez pas, dans une heure, je serai chez vous. (Il plie sa lettre.) Oh ! la passion !... (Apercevant Zidore et Natole.) Eh !... la...

ZIDORE.

Voilà !

GUSTAVE.

Porte-moi ce billet... C'est pour une dame, sois adroit.

ZIDORE.

Comme un singe, mon prince.

GUSTAVE, lui mettant de l'argent dans la main.

Tiens.

ZIDORE.

Trente sous !... hum ! pardon... Est-ce qu'il y a un mari ?

GUSTAVE.

Parbleu !

ZIDORE.

Alors, nous ne pouvons pas vous faire ça pour trente sous. Un mari, vous comprenez, il y a des risques... C'est 3 francs par tête de commissionnaire (Désignant Natole.) Comme nous sommes *deusse*... ça fait...

GUSTAVE.

Tiens, drôle, voilà cent sous, mais vite...

ZIDORE.

Ne craignez rien, nous allons ventre par terre, quoi !...

GUSTAVE, à part.

Oh! la passion ! oh ! la femme légitime des autres ! (Il s'éloigne.)

ZIDORE, à Anatole.

Va-t-en rue de la Truelle 7, chez M. Domino... tu remettras ce poulet à sa femme... tiens ! voilà dix sous.

NATOLE.

Et si elle n'y est pas ?

ZIDORE.

Tu le remettras au mari, et tu te feras payer la course.

NATOLE.

J'y vais. (Fredonnant.)

Rien n'est sacré pour un sapeur.

(Il sort.)

* Natole, Zidore, Gustave, Le Monsieur.

ZIDORE.

Et moi... train de plaisir, aller et retour garantis pour le
Vésinet...

LE MONSIEUR, criant.

L'*Indépendance,* morbleu?

ZIDORE, lui criant à l'oreille en se sauvant.

En lecture...(Poussant le cri des gamins de Paris.) Piii!... wuitt!

LE MONSIEUR.

Drôle!... (Il reprend sa lecture de la *Patrie.*)

SCÈNE IV

LE MONSIEUR, TITINE, ANITA, BLONDINETTE, NINI*,
elles entrent de gauche deuxième plan.

CHOEUR.

Air *de Monsieur va au cercle.*

Vite, vite,
Quand on quitte
Le magasin détesté,
Vite, vite,
Qu'on profite
D'un instant de liberté.

TITINE.

Voyons! voyons, il est temps de rentrer au magasin.

ANITA.

Qui est-ce qui parle de magasin, de cage, de prison,
quand il y a du soleil qui ne fait rien, des fleurs qui s'en-
nuient et des pauvres jeunes filles qui ne demandent qu'à
leur tenir compagnie?... Le magasin!..

NINI.

C'est la traite des blanches.

BLONDINETTE, à part.

Ce monsieur qui nous suivait tout à l'heure me regardait
bien. Il a l'air distingué... pas jeune, mais distingué.

ANITA.

Heureusement que c'est demain dimanche, la grande partie
au Vésinet, le grand festival champêtre offert par les arts à
la beauté.

* Nini, Anita, Titine, Blondinette, Le Monsieur.

Air : *Le pont des Soupirs*, (Offenbach.)

ANITA.
Qu'on s'apprête pour demain
A planter là le magasin
    Bien vite.

EMSEMBLE.

Vite.   (6 *fois*)

ANITA.
C'est qu'il fait un temps. ah ' dam,
A prendre loin du macadam
    La fuite.

ENSEMBLE.

Fuite.   (6 fois).

BLONDINETTE.
Pour celui qui s'y connaît
Rien n'égale du Vésinet
Les jolis petits sentiers,
Où l'on s'égare volontiers.

ANITA, à Titine.
Toujours rêveuse... J'espère que tu ne commettras pas la
lâcheté de nous abandonner demain ?
TITINE.
Je ne sais pas... j'ai de l'ouvrage à terminer...
BLONDINETTE.
Allons !... ce n'est pas une pauvre petite partie de campa-
gne qui vous empêchera d'avoir le prix de vertu.
TITINE.
Folle, va !
ANITA.
Laissez donc, elle viendra... N'est-ce pas M. Frédéric qui
nous conduira ?
TITINE.
Ce n'est pas une raison.
BLONDINETTE.
En voilà pourtant un qui t'aime !...
TITINE.
Nous verrons...
ANITA.
Elle viendra... Vive le plaisir, à bas le magasin !

SCÈNE V

LES MÊMES, DOMINO *.

TOUTES.

A bas le magasin !

DOMINO, à part.

Les voilà !

ANITA.

Et si la patronne se fàche, nous ferons grève.

DOMINO, d'un air aimable.

Ce serait la grève des fleurs.

BLONDINETTE, à part.

Le monsieur de tout à l'heure.

ANITA.

Ah ! la bonne tête !

DOMINO, saluant.

Mesdemoiselles !...

TOUTES, saluant.

Monsieur !...

DOMINO.

Mesdemoiselles. (A part.) Que leur dire ?.. (Haut.) L'Observatoire, s'il vous plaît ?

Air : *de Lauzun.*

Veuillez m'indiquer le chemin,
Qui conduit à l'Observatoire ?

ANITA.

Le voyez-vous, le vieux malin,
Débiter sa petite histoire ?

DOMINO.

Vous riez ? Quoi de surprenant :
Je dis la vérité sans voiles.
Oui, je cherche ce monument,
Puisque vous êtes des étoiles.

ANITA.

Si vous ne connaissez pas votre chemin, respectable vieillard, achetez une conduite.

DOMINO.

Eh bien ! je l'avoue, mesdemoiselles, ce n'est pas l'Observatoire que je cherche, c'est un prétexte.

* Nini, Domino, Anita, Titine, Blondinette, Le Monsieur.

TOUTES.

Un prétexte ?

DOMINO.

Pour vous dire les choses les plus... printanières.

ANITA.

A votre âge...

DOMINO, aimable.

Le cœur n'a pas d'âge.

NINI.

Au fait, nous ne vous connaissons pas.

DOMINO.

Aussi ai-je le plus vif désir de faire votre connaissance. (Il prend la taille de Blondinette.)

SCÈNE VI

LES MÊMES, FRÉDÉRIC, LA HOULETTE.

Domino se retourne comme pour prendre la taille à une autre modiste... Frédéric s'est placé devant *.

FRÉDÉRIC.

Monsieur désire faire une connaissance ? voilà, présent, la connaissance !... tiens, c'est le quadrumane du cirque ! (Toutes les modistes entourent Frédéric et la Houlette.)

TOUTES.

Bonjour, M. Frédéric ; bonjour, M. La Houlette...

FRÉDÉRIC.

Bonjour, mes amours !...

DOMINO, à part **.

Ils me gênent... bah ! je les repincerai. (Saluant.) Mesdemoiselles...

ANITA.

Bon voyage, toujours tout droit l'Observatoire ; ne pas confondre avec les Invalides, où l'on pourrait retenir monsieur...

DOMINO, à part.

Adorables !... elles sont à moi! (Il sort.)

* Nini, La Houlette, Domino, Frédéric, Anita, Titine, Blondinette, Le Monsieur.

** Nini, Anita, La Houlette, Frédéric, Titine, Domino, Blondinette, Le Monsieur.

SCÈNE VII

LES MÊMES, moins DOMINO.

BLONDINETTE, à part *.

Il est très vert.

TITINE.

Mesdemoiselles, nous sommes en retard.

FRÉDÉRIC.

Ah ! Titine, toujours pressée de partir quand j'arrive...

TITINE.

Il fallait arriver plus tôt.

FRÉDÉRIC.

Plus tôt ! si vous saviez...

ANITA, à la Houlette.

Ah ça ! n'oubliez pas notre grande partie pour demain.

LA HOULETTE.

La grande partie ?

ANITA.

Au Vésinet.

LA HOULETTE.

Parbleu ! au Vésinet !...

FRÉDÉRIC.

Au Vésinet,.. certainement...

ANITA.

Allons, à demain.

FRÉDÉRIC, à Titine.

A demain ?

TITINE.

Peut-être...

TOUTES.

A demain !

REPRISE DU CHŒUR.

Vite, vite.
Quand on quitte
Le magasin détesté,
Vite, vite,
Qu'on profite
D'un instant de liberté.

* Nini, Anita, La Houlette, Frédéric, Titine, Blondinette, Le
Monsieur.

SCÈNE VIII

FRÉDÉRIC, LA HOULETTE, LE MONSIEUR.

LE MONSIEUR *.

Enfin, les voilà parties.

FRÉDÉRIC, redescend après avoir reconduit les grisettes jusqu'à la coulisse.

Oh! le carcan de la pauvreté, oh! les ailes de l'indépendance! (Frappant sur la chaise du Monsieur.) Oh ! l'indépendance.

LE MONSIEUR, furieux.

En lecture, et retenue!

LA HOULETTE.

Eh bien?

FRÉDÉRIC.

Eh bien !

LA HOULETTE.

La partie du Vésinet...

FRÉDÉRIC.

Ne m'en parle pas!

LA HOULETTE.

L'été, le feuillage, les fleurs, l'amour!

FRÉDÉRIC.

Et pas le sou...

LA HOULETTE.

Ce qui est loin du capital indispensable. Dix à dix francs par tête, soit cent francs, déficit...

FRÉDÉRIC.

Cinq louis.

LA HOULETTE.

Ah !

FRÉDÉRIC.

Hein?

LA HOULETTE.

Tu as le reste de ton édition ?

FRÉDÉRIC.

Hélas ! le reste, c'est-à-dire le tout, mon poëme de *Débo-rah, la chiffonnière*, imprimé à mes frais... 200 volumes... et mon siècle est resté froid. Oh ce siècle! ce siècle!

LE MONSIEUR, de mauvaise humeur.

En lecture aussi.

LA HOULETTE.

200 volumes, en les vendant...

* La Houlette, Frédéric, Le Monsieur.

FRÉDÉRIC.

A cinq francs pièce.

LA HOULETTE.

Non à la livre...

FRÉDÉRIC.

A la livre ; ma poësie ! *vade retro !...* * Combien ça ferait-il ?

LA HOULETTE.

200 livres, avec ou sans calembourg, à 3 sous, donnent juste 30 francs.

FRÉDÉRIC.

Pas plus ?

LA HOULETTE.

Pas plus.

FRÉDÉRIC.

Ah.!... mais toi, tu as ton tableau ?

LA HOULETTE.

Ah! oui, mon clair de lune...

FRÉDÉRIC.

Ton clair de lune... on n'y voit seulement pas la lune.

LA HOULETTE.

Cette bêtise !... quand on fait un clerc de notaire, est-ce qu'on voit le notaire ?

FRÉDÉRIC.

Eh bien ! mais dis donc...

LA HOULETTE.

Oh ! mon cher, comme œuvre d'art ça n'a pas de prix...

FRÉDÉRIC.

D'accord, mais comme enseigne...

LA HOULETTE.

O ma muse !

FRÉDÉRIC.

Nous devons facilement trouver dans le quartier un marchand de comestibles qui s'en arrangerait.

LA HOULETTE.

Un marchand de comes... horreur **?

FRÉDÉRIC.

Les arts appliqués à l'industrie, voilà tout.

LA HOULETTE, avec feu.

Jamais !... (Se reprenant.) allons-y... (Ils sortent.)

LE MONSIEUR.

C'est singulier ; je ne trouve pas cette machine... elle est peut-être dans le supplément... je vais le demander en atten-

* Frédéric, La Houlette, Le Monsieur.
** La Houlette, Frédéric, Le Monsieur,

dant *l'Indépendance*. (Il va au kiosque, puis revient s'asseoir sur le banc pendant que Varembourde entre.)

SCÈNE IX

LE MONSIEUR, VAREMBOURDE *.

VAREMBOURDE, entrant.

A me voir bien des gens diront : ce monsieur est un provincial... Eh bien ! pas du tout, je demeure à la Villette... Seulement, il y a six ans que je ne suis pas rentré chez moi... voilà ce qu's'appelle découcher ! Oh ! ça ne m'a pas empêché de payer mon terme et de changer quelquefois de linge... Je ne me fais aucun scrupule d'avouer que je jouis d'une certaine aisance ; j'ai ce qu'on appelle, je crois, un petit sac... et si j'habite la Villette, ce n'est pas par nécessité, mais par goût... J'y ai des connaissances, et tous les soirs j'ai l'habitude, c'est-à-dire, j'avais l'habitude, il y a six ans, d'aller faire ma partie de trictrac dans un joli établissement, où j'ai perdu en six semaines, en dehors du jeu, deux douzaines de foulards, une montre avec quinze cachets et deux tabatières ; mais, à part cela, très-recommandable, l'établissement ! On m'y repincera à faire des connaissances ! (Allant au Monsieur.) Figurez-vous, cher ami, (Mouvement d'impatience du Monsieur.) vous savez ce que c'est : on joue au trictrac avec quelqu'un qu'on ne connaît pas, il vient un autre quelqu'un qui vous regarde le premier jour, le second jour il vous conseille et le troisième il vous propose la botte... c'est comme ça que je fraternisai un soir avec un placier en liquides.

LE MONSIEUR, impatienté.

Qu'est-ce que cela me fait !

VAREMBOURDE.

Moi non plus, jusque-là, ça ne me faisait rien. Tout à coup mon placier me dit : — Vous n'avez jamais bu de bière... — Pardon, j'en ai bu souvent... — Non, vous avez bu de la mélasse fondue, vous avez bu de l'eau, vous avez bu de la tisane, vous avez bu du poison, mais de la bière, jamais !... — Cependant je croyais... — Ne croyez pas... je veux vous en faire boire, venez avec moi... — Parbleu, je serais curieux de voir ça. — Je le suis... il paraît que c'était un peu loin ; nous montons dans un fiacre et je m'endors... Je ne sais pas si vous êtes comme moi, monsieur ?

* Le Monsieur, Varembourde.

LE MONSIEUR.

Eh non ! monsieur.

VAREMBOURDE.

Ah! je vous en félicite ; sitôt que je sens sous moi quelque
chose qui roule... crac... je m'endors... Ça roula longtemps
sans doute, car lorsque je me réveillai pour descendre, je de-
vais 4 francs 50 au cocher... Enfin je bus de cette fameuse
bière de Bondy, deux bocks, quatre, huit, toujours en doublant,
comme au lansquenet, et ma foi, je n'affirmerais pas sur l'honneur que cette boisson fut différente des autres.

LE MONSIEUR.

Avez-vous bientôt fini?...

VAREMBOURDE *.

Pas encore... Vous savez ce que c'est ?

LE MONSIEUR.

Non, sapristi ! non.

VAREMBOURDE.

On boit de la bière avec un ami; à côté de vous, il y a un
monsieur qui en boit aussi... au premier verre, il vous fait
un signe d'intelligence; au second, il trinque avec vous ; au
troisième, il vous tape sur le ventre comme ça. (Il tape sur le
ventre du Monsieur.)

LE MONSIEUR, en colère.

Finissez, monsieur.

VAREMBOURDE.

C'est ainsi que je fis la connaissance d'un tourneur de
mâts de cocagne en chambre, qui demeurait à Asnières. Il
me proposa de l'accompagner jusque chez lui... j'acceptai, je
payai toute la bière de Bondy.

LE MONSIEUR.

Ça ne m'étonne pas.

VAREMBOURDE.

Ni moi non plus... En échange, mon inconnu paya ma place
au chemin de fer, et quelques instants après nous roulions
seuls, dans un coupé, ma foi! (En parlant, il retient le Monsieur par
son habit.)

LE MONSIEUR.

Mais vous m'arrachez mes boutons !

VAREMBOURDE.

Ça se recoud très-bien... Dès que nous roulâmes je m'endormis, car vous savez, sitôt que je sens sous moi quelque
chose qui roule... crac... je m'endors ... Quand je me réveillai, j'étais au Havre.

* Varembourde, Le Monsieur.

LE MONSIEUR.

De grâce !

VAREMBOURDE.

Oui, au Havre de Grâce... Seulement, à mon réveil, je n'avais pas retrouvé mon fabricant, ni mon paletot, qui contenait un billet de mille francs. Le pauvre diable s'était trompé de paletot. Dans le sien, qu'il avait laissé, je trouvai des papiers d'affaires qui ont dû lui faire bien défaut... Quant à moi, il ne me restait plus que 3 francs 35 avec lesquels je pus dîner tant bien que mal... Seulement vous l'avouerai-je ?

LE MONSIEUR.

Je n'y tiens pas !

VAREMBOURDE.

J'étais saisi d'une vague inquiétude en songeant au moyen de trouver un gîte pour la nuit... Heureusement qu'au café Frascati, je fis la connaissance d'un capitaine au long cours, grâce à une partie de dominos : je lui contai mon aventure et il m'offrit l'hospitalité à son bord. J'acceptai, mais à peine étais-je monté sur son bâtiment qu'il se mit à rouler... Naturellement je m'endormis ; vous savez, sitôt que je sens sous moi quelque chose qui roule... crac... je m'endors... Quand je me réveillai, devinez où nous étions ? (Il lui déchire un pan de son habit.)

LE MONSIEUR, impatienté *.

Pourquoi n'y êtes vous pas resté ? mon Dieu !

VAREMBOURDE.

Je vous dirai ça tout à l'heure... nous étions à cent lieues des côtes. J'interrogeai le capitaine... il m'avoua qu'il m'avait oublié pendant mon sommeil ; je le priai de vouloir bien me ramener au Havre... il m'appela farceur, en me frappant ainsi sur la tête. (Il donne un coup de poing sur le chapeau du Monsieur.) Mais, moi, j'avais une casquette...

LE MONSIEUR, furieux, retapant son chapeau.

Monsieur ! monsieur !

VAREMBOURDE.

Je le croyais gibus... — Alors le capitaine m'apprit que nous allions en Bolivie... Après une traversée facile nous abordâmes. Pour vivre je dus m'engager aide-de-cuisine chez un grand seigneur de ce pays... Humilié d'abord de ces fonctions, je bénis bientôt la bière de Bondy, le tourneur de mâts de cocagne et mon voyage forcé. Figurez-vous, cher ami. (Il le prend par son gilet qui se déchire, le Monsieur rugit.) Figurez-vous qu'un soir, dans un café de la localité, en faisant une partie de billard avec un inconnu, j'appris que j'avais du

* Le Monsieur, Varembourde.

sang royal de Bolivie dans les veines. Oui mon ami. (Avec expansion.) Celui qui te parle descend par les femmes de la grande race des Varembourdas de las Riolas y Gratinas. (Il déchire l'autre pan de la redingote du Monsieur, qui se tord de rage.)

LE MONSIEUR, avec des larmes dans la voix *.

C'est trop fort !

VAREMBOURDE.

Tais-toi, manant, descends-tu seulement des Bouillon ? (Il bouscule le Monsieur.

SCÈNE X

LES MÊMES, SALAMBO **.

SALAMBO, entrant en tenant une lettre à la main.

Devant la statue de Jeanne Hachette... où est-elle, cette statue ? (A Varembourde.) Oh ! monsieur, pourriez-vous m'indiquer la statue de Jeanne Hachette ?

VAREMBOURDE, désignant la statue.

La voici, ma jolie enfant.

SALAMBO.

En êtes-vous sûr ?

VAREMBOURDE.

Parbleu !

SALAMBO.

A quoi la reconnaissez-vous ?

VAREMBOUDE.

Dame... à sa hachette.

SALAMBO, à part ***.

Et c'est lui qui se trouve là ! (A Varembourde, en lui montrant la lettre.) Alors, c'est vous qui avez autographié ça ?

VAREMBOURDE, à part.

Hé ! hé ! elle est plantureuse. (Au Monsieur, en le poussant.) Voilà comme je les aime...

SALAMBO, à Varembourde.

Ainsi, c'est bien vous qui êtes l'auteur de ce poulet ?

VAREMBOURDE.

Certainement que si la Villette ne me réclamait pas, hum !

LE MONSIEUR, scandalisé.

Cet homme a tous les vices.

* Varembourde, Le Monsieur.
* Varembourde, Salambo, Le Monsieur.
*** Salambo, Varembourde, Le Monsieur.

SALAMBO.

Ce n'est pas tout ça... répondez sans *jambages;* est-ce vous qui avez écrit cette lettre ?

VAREMBOURDE.

Fille d'Ève, voici la vérité sans la moindre feuille de vigne : ce n'est pas moi qui ai écrit cette lettre.

SALAMBO *.

Alors, c'est un autre.

VAREMBOURDE, à part.

Quelle perspicacité pour son âge!... (Haut.) Mais si cette lettre vous dit que vous êtes belle, et qu'on aimerait à cueillir la fraise avec vous au bois de Bagneux... j'aurais pu l'écrire.

Air : *de Voltaire chez Ninon.*

Oui, j'en conviens, à l'étranger,
J'ai fait tourner pas mal de têtes,
Et j'aimerais à me ranger,
Dans de moins lointaines conquêtes.
Vous ne pouvez pas dédaigner
L'offre d'une flamme exotique,
Car je vous appelle à régner
Sur un cœur retour du tropique !

SALAMBO.

Je suis très flattée de vos compliments, monsieur... Vous avez un chic qui séduit tout d'abord...

VAREMBOURDE.

Vous m'enivrez. (Il l'embrasse.)

SALAMBO **.

Eh bien! qu'est-ce que vous faites?

VAREMBOURDE.

Je vous embrasse; on ne doit jamais remettre un baiser au lendemain.

SALAMBO.

Ah! de grâce, laissez-moi seule ici, j'attends quelqu'un.

VAREMBOURDE.

Vous quitter !

SALAMBO.

Je vous permettrai de me rejoindre dans un quart d'heure.

VAREMBOURDE.

C'est bien long... Enfin, j'obéis... A bientôt, les trois quarts de mon âme. (Il l'embrasse.)

---

* Varembourde, Salambo, Le Monsieur.
** Salambo, Varembourde, Le Monsieur.

SALAMBO.
Encore!...

VAREMBOURDE.
Ne faites pas attention, c'est la chaleur... il fait plus chaud ici qu'en Bolivie... et puis je prends des vivres pour la route. (Il sort.)

SCÈNE XI

LE MONSIEUR, SALAMBO, FRÉDÉRIC, LA HOULETTE, UN COMMISSIONNAIRE.

SALAMBO*.
Oh! je saurai qui a adressé cette lettre à Corinne... Ah! quelqu'un qui semble chercher.

FRÉDÉRIC, entrant.
Par ici, par ici, nous allons essayer du Mont-de-Piété.

LA HOULETTE, entrant, suivi d'un commissionnaire, qui porte un tableau et une pile de livres.
Nous voici.

SALAMBO, allant aux deux jeunes gens.
Ce n'est pas vous qui avez signé ce billet?

FRÉDÉRIC.
S'il est à ordre, ce doit être nous. (Ils se sauvent en riant.)

SCÈNE XII

LE MONSIEUR, SALAMBO, SPARTACUS **.

SPARTACUS, entrant.
O joie, ô jubilation!... une tireuse de cartes m'a dit que je serais aimé par une femme du monde, une femme bien établie. (Regardant Salambo.) Eh! voilà bien une femme bien établie, mais ça ne doit pas être ça...

SALAMBO, se retournant, à Spartacus.
Ah! est-ce vous qui avez écrit cette lettre?

SPARTACUS.
A vous, jamais (A part.) Je la rêve plus diaphane... celle du chevau-léger était notoirement plus diaphane.

SALAMBO.
Ah!... Corinne!

---

* La Houlette, Frédéric, Salambo, Le Monsieur.
** Spartacus, Salambo, Le Monsieur.

SCÈNE XIII

LES MÊMES, CORINNE *.

CORINNE, entrant.

M'y voici... j'ai dit à mon mari que j'allais voir le fils
de ma tante des Batignolles, mon cousin le carabinier, qui
vient d'arriver de sa garnison.

SPARTACUS, à part.

Diaphane, serait-ce celle-là ?

CORINNE.

Je suis en retard au rendez-vous... voici bien la statue... il
n'y est pas... (Apercevant Salambo.) Ah ! Salambo.

SALAMBO.

Oui, moi, qui, ayant vu la lettre qu'on t'a écrite, suis venue pour t'empêcher de faire des bêtises.

CORINNE.

Mêle-toi donc de ce qui te regarde... et ne me tutoie pas
devant le monde.

SALAMBO.

Ciel ! imprudente !... regarde.

CORINNE.

Mon mari !

SALAMBO, à Corinne.

Il n'est plus temps de fuir.

SCÈNE XIV

LES MÊMES, DOMINO **.

DOMINO.

Je vais attendre ici leur sortie du magasin... ma femme est
aux Balign... (Apercevant sa femme.) Oh ! Corinne, ici !

CORINNE.

Monsieur Domino !

DOMINO.

Madame ?... et les Batignolles ?...

CORINNE.

J'y allais... quand en route j'ai rencontré mon cousin. (Elle
prend le bras de Spartacus.)

DOMINO.

Votre cousin ?...

* Spartacus, Salambo, Corinne, Le Monsieur.
** Spartacus, Salambo, Titine, Domino, Le Monsieur.

CORINNE.

Le voici. (Bas à Spartacus.) Soyez mon cousin.

SPARTACUS, à part.

O mon rêve! ô mon rêve!... (Haut.) Mais, un peu, que je suis
son cousin et qu'il ne faudrait pas faire le malin, et avoir
l'air de dire le contraire.

DOMINO, à Corinne.

Mais présentez-moi donc, alors. * (Ils se présentent mutuelle-
ment, et se serrent la main avec affectation.)

SCÈNE XV

LES MÊMES, VAREMBOURDE.

VAREMBOURDE, entrant.

Tant pis, j'irai demain à la Villette...(A Salambo.) Me voici,
Circé.

SALAMBO.

Déjà!

VALEMBOURDE.

Friponne!

CORINNE, à Salambo.

Tu connais donc monsieur?

SALAMBO.

Certainement... est-ce que par hasard il me sera il défendu
d'avoir aussi un cousin?

CORINNE.

Salambo!

VAREMBOURDE, à part.

Quel esprit? elle ressemble à ma cousine, la présidente de
Bolivie.

DOMINO, à Spartacus.

J'espère que vous nous ferez l'honneur de dîner avec nous
ce soir?

SPARTACUS.

Mais avec volupté, cousin.

DOMINO, à Corinne.

Venez, madame, (à Spartacus.) N'oubliez pas l'adresse, 7, Rue
de la Truelle.

SPARTACUS, les saluant.

C'est le billet de logement de Cythère. (Il se frappe la poi-
trine.) 7, Rue de la Truelle... C'est bien là la femme du monde.
(Il pousse en ricanant le monsieur.)

* Spartacus, Domino, Corinne, Salambo, Varembourde, Le Monsieur.

VAREMBOURDE, répétant*.

7, Rue de la Truelle. (Corinne, Salambo et Domino sortent.)

SPARTACUS, à Varembourde.

Est-ce que vous êtes un cousin pour de bon, vous?

VAREMBOURDE.

Et vous?

SPARTACUS.

Moi... comme le chevau-léger l'était. (Il le bouscule en riant.)

VAREMBOURDE, à part.

Cet homme d'armes a bu!

SPARTACUS, prenant le bras de Varembourde.

Viens... pour une fois je veux bien rigoler avec un bour-geois.

VAREMBOURDE à part.

Je ne rentrerai pas ce soir à la Villette... (A Spartacus.) Mon bon vieux, tu me vas, et quoique je n'aie pas l'habitude de me lier facilement... (En sortant, il s'embarrasse tellement dans le sabre traînant de Spartacus qu'il finit par le prendre sous son bras.)

SCÈNE XVI

FRÉDÉRIC, LA HOULETTE, LE COMMISSIONNAIRE, LE MONSIEUR**.

FRÉDÉRIC ET LA HOULETTE suivant le commissionnaire, le chapeau à la main.

FRÉDÉRIC.

On en a offert 7 francs.

LA HOULETTE, au Monsieur.

Monsieur, devant ce grand désastre, il serait bienséant de vous découvrir.

LE MONSIEUR.

Je suis enrhumé.

FRÉDÉRIC.

Et dire que ce commissionnaire emporte nos derniers 17 sous.

LA HOULETTE.

Il ne les aura pas volés... les vers, c'est lourd.

FRÉDÉRIC.

Je dédaigne l'insinuation, mais que faire?

LA HOULETTE.

Que faire... le suicide !...

* Le monsieur, Varembourde, Spartacus.
** Le monsieur, La Houlette, Frédéric.

LE MONSIEUR.

1000 francs de récompense, diable, voyons... (Il lit.) « Il a été perdu ou volé, sur le parcours de la Chapelle à la barrière d'Enfer, une chienne blanche marquée de taches noires ; elle répond quelquefois au nom de Chiffonnette. Le voleur est prié de la rapporter chez M. Domino, 7, rue de la Truelle, où, après avoir confronté l'animal avec son portrait, on remettra la récompense promise. »

FRÉDÉRIC.

As-tu entendu ?

LA HOULETTE.

Oui, eh bien?

FRÉDÉRIC.

O illumination *! (Au Monsieur.) Merci, homme tutélaire. (Il lui serre la main.) — (A la Houlette.) Serre la main de monsieur.

LA HOULETTE **.

C'est de confiance, car je ne sais pas... (Il donne une poignée de main au Monsieur, qui se débat.)

FRÉDÉRIC, joyeux.

Nous irons au Vésinet..... Viens, et surtout n'oublie pas cette adresse, 7, Rue de la Truelle.

ENSEMBLE.

Air : *de M. Lazard.*

FRÉDÉRIC.

Partons, car je médite
Un projet renversant,
Profitons au plus vite
De ce renseignement.

LA HOULETTE.

Partons puisqu'il médite
Un projet renversant,
Pour profiter bien vite
De ce renseignement.

LE MONSIEUR.

Avisons au plus vite,
Et, sans perdre un moment,
Il faut que je profite
De ce renseignement.

* Le Monsieur, Frédéric, La Houlette.
** Le Monsieur, La Houlette, Frédéric.

SCÈNE XVII

GUSTAVE, LE MONSIEUR, Promeneurs, etc.

LE MONSIEUR.

1000 francs de récompense... une chienne... Ah!... ces deux polissons qui en avaient une... Où les trouver?... Ils ont dit qu'ils allaient au Vésinet.

GUSTAVE, entrant *.

Personne encore, tant pis, je vais chez elle... Courons, 7, rue de la Truelle. (Il sort en courant et renverse par terre le Monsieur.)

LE MONSIEUR.

Ah! Ah !

LE LOUEUR.

Voilà! Voilà ! monsieur a appelé?

LE MONSIEUR.

L'*Indépendance?*

LE LOUEUR.

La voici !

LE MONSIEUR, prenant le journal que lui donne le loueur.

Enfin !... mais c'est celle d'hier !

LE LOUEUR.

Si vous voulez la *Patrie?*

LE MONSIEUR, se relevant.

7, rue de la Truelle!

* Gustave, Le monsieur.

FIN DU PREMIE ACTE.

ACTE DEUXIÈME

Le théâtre représente un salon. Une porte au ford, portes à gauche et à droite au second plan ; porte à gauche au premier plan ;
à droite au premier plan, une causeuse ; à gauche, un guéridon ;
entre les portes du fond, 2 tableaux ; un portrait d'homme et un
portrait de chien. Au lever du rideau, Salambo sort du second
plan à gauche, et rentre au premier plan, tenant un service.

SCÈNE PREMIÈRE

VAREMBOURDE entrant par la porte de gauche, 2ᵉ plan, la serviette à la main, puis CORINNE, puis SPARTACUS, puis DOMINO.

VAREMBOURDE.

Eh bien ! oui, c'est moi !... Je sais bien qu'à la rigueur je
devrais être à la Villette, mais le sort ne l'a pas voulu...
Cette invitation à dîner, cette créature opulente... Un bon
homme, ce monsieur Domino, ma nouvelle connaissance...
Il n'est peut-être pas de la force de l'homme-canon, mais
enfin... Bonne cave, du reste... Quant à madame Domino...
hum ! hum !... Ne débinons pas la femme de mon hôte...
Et Salambo, quelle nature ! quel ensemble ! mais pourquoi sert-elle à table ?... Je n'ai pas de préjugés, mais l'a-
vouerai-je...

Air : *Qu'il est flatteur d'épouser celle.*

Celle que j'aime, en tablier,
Ce spectacle me déconcerte.
Pourrais-je jamais oublier
Cette affligeante découverte ?
Ses charmes sont pour moi gâtés
Par ce détail qui me chiffonne.
Elle a beaucoup de qualités !
Mais je la trouve par trop bonne.

Il me faut une explication. J'ai quitté la table sous un prétexte ingénieux... Voyons, où la trouverai-je?... Par ici,
peut-être? (Il sort par la porte de droite, 2ᵉ plan.)

CORINNE, sortant de la porte de gauche, 2ᵉ plan.

Ah! c'est plus fort que moi... je n'y tenais plus... Etre dé-
vorée d'inquiétude! périr d'angoisses! et se trouver forcée
de dire : Monsieur, encore une tranche de gigot... Oh! le
supplice d'une femme!... Sous un prétexte ingénieux j'ai
quitté la table... Gustave, Gustave, que votre amour me coûte
cher... Il ne m'a pas trouvée au rendez-vous, au pied de la
statue de l'héroïne de Beauvais... Il est capable de venir ici...
Quel esclandre!... Il faut à tout prix l'en empêcher... Allons
donner des ordres pour qu'on lui interdise l'entrée de la maison. (Elle sort par la porte du milieu, au fond en même temps Spartacus entre par la porte de gauche, 2ᵉ plan ; il a sa serviette autour du
cou ; il est titubant.)

SPARTACUS.

Elle a évacué la salle du festin... Tu m'as donc compris,
diaphane créature... ouf!... (Il défait un bouton de sa veste.) Le
cousin a un ordinaire qui me plaît... Oh! boire du vin à
2 francs versé par la main de la comtesse que l'on idolâtre! je ne donnerais pas ma place pour celle du mar-chef.. O
Corinne!... Elle s'appelle Corinne... Où es-tu, Corinne?... J'ai
quitté la table sous un prétexte *ingénieur*... Cherchons le
boudoir, où mon attente la fait languir obséquieusement...
(Il tourne sur lui-même et sort par la porte de droite, 1ᵉʳ plan).

DOMINO, au même moment, entre par la porte de gauche, 2ᵉ plan, il
a sa serviette à la boutonnière.

Il faut absolument que je la revoie, cette petite qui
me trouve vert. (Il regarde sa montre.) C'est l'heure de sa
sortie du magasin. Je vais la repincer au Luxembourg... J'ai
quitté la table sous le prétexte ingénieux qu'il n'y avait
plus personne. (Il s'époussette avec sa serviette.) Mon gazon est-il
bien peigné? (Il se regarde dans la glace) Le fait est que je suis
vert. (Il rajuste sa perruque.) Soyons canaille, mais régence...
Mon chapeau... et au Luxembourg! (Il sort par la porte du fond.)

SCÈNE II

VAREMBOURDE, SALAMBO *.

VAREMBOURDE, Entrant par la porte de droite, 2ᵉ plan.)
Je ne l'ai pas trouvée... (Salambo entre par la porte de gauche,
2ᵉ plan.) Ah! la voilà! (A Salambo.) Opulente créature...

* Salambo, Varembourde.

SALAMBO *.

Chut! (Elle va aux portes, écoute, et revient. Varambourde la suit.)

VAREMBOURDE.

Plantureuse colombe...

SALAMBO.

Chut! à minuit... au bas de l'escalier de service, soyez armé!

VAREMBOURDE.

Hein!...

SALAMBO.

Chut! (Elle se retire à petits pas. Il la suit jusqu'à la porte de droite, qu'elle referme en disant.) Chut!

SCÈNE III

VAREMBOURDE, seul.

A minuit, au bas de l'escalier de service, soyez armé... chut!... ce sont des choses qui ne se font pas... A Paris, au XIXe siècle, un homme rangé, qui a du sang royal de Bolivie dans les veines, ne se met pas en faction au bas de l'escalier de service, à minuit, avec des armes...chut!... Tu l'as voulu, de Varembourde par les femmes... tu n'avais qu'à prendre l'omnibus pour la Villette, à rentrer chez toi comme un bon bourgeois... tu ne l'as pas fait, et te voilà plongé dans des affaires ténébreuses... Et tu iras, oui, tu iras à minuit, avec des armes, au bas de l'escalier de service... chut!... Oh! cette femme! pourquoi est-elle si séduisante? (Spartacus rentre.)

SCÈNE IV

VAREMBOURDE, SPARTACUS **.

SPARTACUS.

Oh! oui, qu'elle est séduisante!

VAREMBOURDE, à part.

Ah! ma nouvelle connaissance... (Haut, avec chaleur.) Vous êtes brave?...

SPARTACUS.

Le courage, il est, avec le culte du beau sexe, le plus bel apanage du carabinier.

VAREMBOURDE.

Que feriez-vous, si une femme...

* Varembourde Salambo.
  Varembourde, Spartacus.

SPARTACUS, avec exaltation.

Une femme, dites-vous...

VAREMBOURDE.

Que feriez-vous si une femme vous disait : ce soir, à minuit, au bas de l'escalier de service... chut!

SPARTACUS.

Chute, au bas de l'escalier ?...

VAREMBOURDE.

Non, au bas de l'escalier : chut! soyez armé.

SPARTACUS.

Si c'est la consigne de l'amour... il faut obtempérer...

VAREMBOURDE.

Mais, cher ami...

SPARTACUS.

Ne discutez pas irrévérencieusement... obéissez.

VAREMBOURDE.

J'obéirai... mais sans enthousiasme... je vais acheter des
armes!...

SPARTACUS.

Allez, allez... Oh! si elle le voulait, j'irais l'attendre... sur
le paratonnerre de la caserne *. (Corinne entre.)

SCÈNE V

SPARTACUS, VAREMBOURDE, CORINNE.

CORINNE.

Vous partez déjà, M. Varemboude ?

VAREMBOURDE.

Je sors un instant... je vais acheter des ... timbres-poste.

CORINNE.

Sans adieu, alors.

VAREMBOURDE, à part.

Cette dame a une façon de regarder les gens... De Varembourde, respectez la femme de votre nouvel ami...

ENSEMBLE.

Air : *Ne raillez pas la garde citoyenne.*

Adieu, madame, une affaire qui presse,
Pour un moment me force de partir ;
Mais je sais trop tout ce qu'ici je laisse,
Pour n'être pas pressé de revenir.

* Spartacus, Varembourde, Corinne.

SPARTACUS.
En tête à tête avec elle il me laisse,
Heureux moment qui tardait à venir.
Profitons-en, aussi bien le temps presse,
Et Spartacus a juré d'en finir !

TITINE.
Adieu, monsieur, cette affaire qui presse,
Pendant longtemps ne peut vous retenir.
Dans un instant, suivant votre promesse,
Nous vous verrons, j'espère, revenir.

Varembourde sort.

SPARTACUS, * à part.
Il est parti, enfin !... (Haut) Madame! (Il se boutonne.)

CORINNE.
Ah ! le carabinier !

SPARTACUS.
Créature diaphane, nous sommes seuls, l'ombre du mystère
nous entoure... tu peux tout dire.

CORINNE, à part.
Il me tutoie !

SPARTACUS.
Je t'ai comprise, Corinne, je sais tout, ne me cache rien...

CORINNE.
Vous savez tout ?

SPARTACUS
Déchirons les voiles... comme dirait le chevau-léger.

CORINNE, à part.
Que veut-il dire? Aurait-il découvert?... (Haut.) M. Spartacus...

SPARTACUS.
Le cœur de la femme n'a pas de secrets pour moi... je sais
que tu as une inclination...

CORINNE, ** à part.
Je suis perdue... Oh! Gustave... (Haut) Eh bien ! oui, j'ai
été folle, j'ai été coquette... Un jour, c'était musique au bord
du grand bassin, je donnais à manger aux cygnes... Il me
regardait... ***

SPARTACUS, louchant.
Comme ça ?

CORINNE.
Malgré moi, je me disais ce jeune homme a du cachet.

* Spartacus, Corinne.
** Titine, Spartacus.
*** Spartacus, Corinne.

SPARTACUS, à part.

Elle m'aimait... Oh ! je serais porté pour être général que je ne serais pas plus heureux...

CORINNE.

Je l'ai revu au Luxembourg....

SPARTACUS.

Près du kiosque...

CORINNE.

Mais je n'ai pas manqué à mes devoirs, et si j'avais quelques enfants je pourrais les embrasser sans rougir...

SPARTACUS, sceptique.

Que cela n'est pas absolument nécessaire.

CORINNE.

Vous ne me trahirez pas ?

SPARTACUS.

Amour, discrétion, célérité, c'est ma devise.

CORINNE.

Vous ne briserez pas ma vie dans sa fleur ?... Oh ! dites-moi que vous ne la briserez pas... je vous le demande à genoux. (Elle se jette à ses pieds.)

SPARTACUS.

O mon rêve ! Corinne, sur mon cœur. (Domino entre au fond.) Fichtre ! le mari !...

SCÈNE VI

Les, MÊMES, DOMINO*.

DOMINO.

Comment ! ma femme aux pieds de son cousin.

SPARTACUS, à part.

Sauvons son honneur. (Il se baisse et feint de chercher quelque chose par terre.) Voyez-vous, cousin ? (A part.) Un prétexte ! mon cheval pour un prétexte. (Haut.) Voyez-vous, cousin ?....

DOMINO, regardant par terre.

Non, je ne vois rien...

SPARTACUS.

C'est que le gouvernement ne badine pas avec l'équipement... que c'est un bouton de mon uniforme qui est perdu, et que nous cherchons...

DOMINO, se baissant aussi.

Ah bien ! je vais vous aider.

* Spartacus, Varembourde, Corinne.

SPARTACUS.
Le voilà (Il se relève, à part.) Je l'ai sauvée.

DOMINO, se relevant aussi *.
Tant mieux (A part.) J'ai revu la petite blonde... Demain,
rendez-vous au Vésinet.

SPARTACUS, à Corinne.
Amour, discrétion, célérité....

DOMINO.
Si nous allions nous remettre à table.

SPARTACUS **.
M'est avis qu'il serait opportun de manger la salade...
Allons. (A Corinne en lui offrant le bras.) Madame... dissimulons
(A part.) L'amour, la salade, que c'est comme qui dirait un
océan de voluptés.

SPARTACUS.

Air : *de l'Aumônier du Régiment.*

Après cette algarade
A table on sera bien.
Un diner sans salade
Ne valut jamais rien.

DOMINO.
(Parlé). C'est du Boileau.

ENSEMBLE.
Après cette algarade, etc.

(Ils sortent à gauche, 2ᵐᵉ plan.)

SCÈNE VII

FRÉDÉRIC, LA HOULETTE *** puis SALAMBO.

FRÉDÉRIC, avec une boîte à couleurs entre du fond, suivi de la Houlette, qui porte un sac à la main.
Tiens ! on pénètre ici comme dans un café concert : entrée
libre. Seulement ça manque de consommations.

LA HOULETTE.
Renouvelez, messieurs, renouvelez !

FRÉDÉRIC.
O Titine, tu pourras dire que tu nous a lancés dans une

* Domino, Spartacus, Corinne.
** Domino, Corinne, Spartacus.
*** Frédéric, La Houlette.

démarche bien hasardeuse... Mais que ne ferait-on pas pour t'amener au Vésinet et de là, à prendre pitié des soupirs d'un infortuné jeune homme? (A la Houlette.) Tu l'as, n'est-ce pas ?

LA HOULETTE.

Oui.

FRÉDÉRIC.

Crois-tu qu'elle soit ressemblante ?

LA HOULETTE.

Dam ! elle est de la couleur voulue.

FRÉDÉRIC.

Demandons à voir le portrait.

LA HOULETTE.

Ça y est...

FRÉDÉRIC.

Que fais-tu ?

LA HOULETTE, agitant un cordon.

Je sonne, dsing !

SALAMBO, entrant *.

Laissez-moi le temps de le moudre, au moins... ce café... Tiens ! les jeunes gens de cette après midi.. Ce n'est pas ici le Mont-de-Piété, mes enfants.

FRÉDÉRIC.

La demoiselle du Luxembourg. C'est donc vous qui l'avez perdue ?

SALAMBO.

Quoi donc ?

LA HOULETTE.

La chienne pour laquelle on offre mille francs de récompense ?...

SALAMBO.

Vous l'avez ?

FRÉDÉRIC.

Elle est dans le sac...

SALAMBO.

Vraiment !.. comme madame va être contente !...

LA HOULETTE.

Ah ! c'est à votre maîtresse ?... eh bien ! elle a l'air d'y tenir.

SALAMBO.

Parbleu ! elle rapporte.

FRÉDÉRIC.

Ça n'a rien de bien extraordinaire, une chienne qui rapporte...

* Frédéric, La Houlette, Salambo.

SALAMBO.

Huit mille francs par an tant qu'elle vivra.

LA HOULETTE.

Etrange !

FRÉDÉRIC.

Très-étrange !

SALAMBO *.

Oh ! c'est toute une histoire... Cette chienne appartenait
à un vieux monsieur, qui en était quasiment fou. Quand il a été
pour décéder, comme il connaissait madame, et qu'il savait
qu'elle aimait les animaux, il lui a légué toute sa fortune,
huit mille francs de rente, à condition qu'elle prendrait soin
de°la chienne... Toutes les fois qu'elle va recevoir son argent,
il faut qu'elle montre la bête au notaire. C'est comme ça...

FRÉDÉRIC.

De sorte que si elle était perdue ?...

SALAMBO.

Le notaire fermerait sa caisse, et les huit mille francs revien-
draient... c'est sur le testament... à une parente éloignée du
bonhomme, une jeune modiste, m'a-t-on dit.

FRÉDÉRIC.

C'est très-intéressant.

SALAMBO.

Je le crois bien !

LA HOULETTE.

C'est inouïce qu'on fait pour les bêtes, maintenant !... c'est
une maladie, une véritable passion.

Air *des Bavards.* (Offenbach.)

La passion pour les bêtes
Fait tourner toutes les têtes ;
On les protège en tous lieux
On les fête à qui mieux mieux.
On accorde des médailles
Aux bestiaux, aux volailles ;
On couronne de lauriers
L'espoir de nos charcutiers.
Cet amour n'a plus de bornes :
On voit chaque jour du neuf,
Et jusqu'aux bêtes à cornes
Obtiennent un succès... bœuf.

Ah ! quel tic ! Ah ! quel tic !
S'empare du bon public !

* Frédéric, Salambo, La Houlette.

ENSEMBLE.

Ah ! quel tic! ah ! quel tic!
Ça manque de chic !

SALAMBO.

Et dans l'ordre moral :

Même air.

Le daim, s'il est surtout riche,
Est adoré par la biche ;
Le pigeon sur le marché
Est un oiseau recherché.
Usant d'intrigue et de ruse,
On a vu plus d'une buse
Monsieur Z... ou monsieur X...
Se poser en vrai phénix.
Les serins en abondance
Font leur ramage à Paris,
Et tous n'ont pas pris naissance
Au pays des canaris

Ah ! quel tic, etc.

ENSEMBLE.

Ah! quel tic ! etc,

FRÉDÉRIC.

Arrivons au chien :

Même air.

Pour le chien, c'est même chose :
On le dorlotte, on l'expose,
Et, bien loin d'être opprimé,
Il est aujourd'hui primé.
Point d'animal qui le vaille,
Il a niche et valetaille ;
Il porte des paletots,
Il est soumis aux impôts.
Bref, ces aboyeurs en somme,
Font métier de citoyen,
Tandis qu'on voit plus d'un homme
Faire des métiers de chien !

Ah ! quel tic, etc.

ENSEMBLE.

Ah ! quel tic, etc.

SALAMBO.

Je vais prévenir Madame.

LA HOULETTE.

Oui, mais avant montrez-nous le portrait dont il est question dans l'annonce.

SALAMBO.

Le voici, il fait pendant à M. Domino. (Elle entre dans la salle à manger.)

SCÈNE VIII

FRÉDÉRIC, LA HOULETTE *.

LA HOULETTE.

Allons, à l'ouvrage !... viens, Chiffonnette. (Il retire l'animal du sac.) Décroche le portrait, toi.

FRÉDÉRIC.

Voilà.

LA HOULETTE.

Comparons, comparons... bigre !

FRÉDÉRIC.

Quoi! bigre.

LA HOULETTE.

Il lui manque un signe, à notre chienne.

FRÉDÉRIC.

C'est vrai, celle du portrait a une étoile au front et des tâches noires sur la robe.

LA HOULETTE.

Ouvre ma boîte à couleurs, et passe-moi un pinceau... maintenant, tiens bien le quadrupède.

FRÉDÉRIC.

Il proteste.

LA HOULETTE, le barbouillant.

Prends-le par la douceur.

FRÉDÉRIC.

Allons, mademoiselle ! je vous conseille de vous plaindre !... Au lieu de servir de guide à un aveugle comme vous deviez vous y attendre, vous allez vous trouver placée dans une maison respectable...

LA HOULETTE, s'éloignant un peu pour juger de l'effet.

Hein?... Qu'en dis-tu ?

FRÉDÉRIC.

Parfait.

LA HOULETTE.

Et dire que je ne suis pas même grand prix de Rome ! Quelqu'un.

* Frédéric, La Houlette,

SCÈNE IX

FRÉDÉRIC, LA HOULETTE, CORINNE *.

CORINNE, entrant.
Où est-elle? où est-elle?
FRÉDÉRIC, présentant la chienne.
La voici.
CORINNE.
Ah! c'est bien elle !.. que je l'embrasse !
FRÉDERIC.
Non pas, madame, non pas.
CORINNE.
Comment !
LA HOULETTE.
Dans cette saison-ci...
FRÉDÉRIC.
Il y a beaucoup de bêtes enragées, (A part) et puis elle n'est
pas sèche.
LA HOULETTE.
Il vaut mieux la mettre à la cuisine, au coin du feu, parce-
que, voyez-vous, l'été...
FRÉDÉRIC, à part.
Ça sèche. (Haut.) Je vais à la cuisine.
CORINNE, lui montrant le chemin.
Par là ! par là ! (Frédéric sort avec la chienne. A la Houlette.) Main-
tenant, monsieur, permettez-moi de vous offrir la récompense
promise. ...
FRÉDÉRIC, rentrant.
Une récompense, jamais !
CORINNE.
Cependant...
LA HOULETTE.
Madame, avez-vous des panneaux?
CORINNE.
Des panneaux ?
LA HOULETTE.
Des panneaux blancs?
CORINNE.
Oui, dans ma salle à manger, mais je ne comprends pas...
LA HOULETTE.
Nous allons, si vous le permettez, y peindre quelques at-
tributs, des fruits, des légumes, des carottes... Celle dé-

Corinne, Frédéric, La Houlette.

coration artistique vous coûtera cent francs, et nous serons
quittes.

Air : *Les anguilles, les jeunes filles.*

Vos panneaux, sous ma main légère,
Vont se couvrir, en un instant,
De tout ce que l'art culinaire
Offre de plus appétissant.
FRÉDÉRIC.
Voyez-donc quelle économie !
Chaque convive promené
l'evant une œuvre aussi nourrie
Aura suffisamment diné !

CORINNE.
Ma foi, c'est original... je vous livre ma salle à manger...
LA HOULETTE, à part.
Elle donne dans le panneau. (A Frédéric.) Nous irons au
Vésinet.
CORINNE, leur montrant le chemin.
Passez, messieurs...
FRÉDÉRIC.
Entrons.

ENSEMBLE.

LA HOULETTE.

Air *de M. Oray.*

Je vais peindre d'après nature
Fraises, raisins, melons... c'est dit ;
Et chacun voyant ma peinture
Dira qu'elle est faite avec fruit.
FRÉDÉRIC, CORINNE.
Il va peindre d'après nature
Fraises raisins, melons... c'est dit;
Et chacun voyant sa peinture
Dira qu'elle est faite avec fruit.

(Frédéric sort à gauche avec La Houlette. Au moment où Corinne va
pour les suivre, elle aperçoit Gustave, qui vient d'entrer par le fond.)

SCÈNE X

CORINNE, GUSTAVE*.

GUSTAVE.
C'est moi, madame.

* Corinne, Gustave.

CORINNE.

Vous ici !

GUSTAVE.

Oui... En vain vous ai-je attendue au Luxembourg... Vous n'êtes pas venue, pourquoi ?

CORINNE.

Monsieur, j'ai eu la faiblesse d'aller à ce rendez-vous, mais le hasard a voulu que mon mari fût là, et sa présence m'a rappelée à mes devoirs...

GUSTAVE.

Votre mari !

CORINNE.

Parlez plus bas...

GUSTAVE.

Je vous aime, je vous adore... voici l'été, la saison des voyages, fuyons au bout du monde... j'ai loué un petit pavillon à Belleville.

CORINNE.

Monsieur, je vous conjure de cesser vos poursuites.

GUSTAVE.

Jamais, dussé-je les continuer à genoux. (Il se précipite aux pieds de Corinne et se met à marcher après elle sur ses genoux. En ce moment, Varembourde paraît à la porte du fond, tenant un pistolet de chaque main. Corinne pousse un cri et entre dans la salle à manger.)

SCÈNE XI

GUSTAVE, VAREMBOURDE *.

GUSTAVE, se relevant vivement.

Le mari ! (Allant à Varembourde.) Vous étiez là ?...

VAREMBOURDE.

Dame... il me semble.

GUSTAVE.

Pas d'ironie, ces armes me disent assez votre dessein... Je suis à vos ordres... nous allons nous battre.

VAREMBOURDE.

Comme vous arrangez ces choses-là, vous.

GUSTAVE.

Nous nous battrons à dix pas, je vais les compter. (Il compte les pas.) Il est bien entendu que quelle que soit l'issue du combat, la cause en restera inconnue. (Il prend un pistolet.)

----

* Varembourde, Gustave,

VAREMBOURDE.

Mais est-ce que je la connais?

GUSTAVE.

Nous ferons chacun cinq pas et nous tirerons à volonté. (Jeu
de scène, Varembourde fait un geste en voyant Gustave s'avancer sur
lui, et lâche par mégarde son coup de pistolet.)

VAREMBOURDE, tombant sur une chaise.

Ah ! je suis mort. (Se relevant.) Que je suis bête, ils n'étaient
chargés qu'à poudre.

SCÈNE XII

**VAREMBOURDE , GUSTAVE , CORINNE , DOMINO,
SALAMBO *.**

ENSEMBLE.

Air *de Fualdès* (*très-vite*).

Oh ! la la ! oh ! la la !
Il faut mettre le holà !
Oh! la la ! oh! la la !
Que veut dire tout cela?

DOMINO.

A parler je vous invite ;
Vous faites dans mon salon
L'exercice du canon :
Cela me semble insolite.
Expliquez-nous donc, morbleu!
D'où provient ce coup de feu.

ENSEMBLE.

Oh! la la ! oh ! la la ! etc.

VAREMBOURDE.

Ce pistolet redoutable,
De mes jours, dans leur été,
Allait avec cruauté
Trancher le fil adorable.
S'il avait été chargé
Il m'aurait peut-être tué.

CORINNE.

Qui est-ce qui a tiré ce coup de feu?

VAREMBOURDE.

Oh ! mon Dieu, c'est bien simple...

* Gustave, Varembourde, Domino, Corinne, Salambo.

GUSTAVE, désignant Corinne.

Ne la perdez pas, Monsieur....

VAREMBOURDE.

Hein!... quoi!... (A part.) Que signifie?... Ah!... je comprends... Ce pauvre Domino... (Bas à Gustave.) Rassurez-vous, cher ami.

GUSTAVE, à part.

Quel drôle de mari !

VAREMBOURDE.

Voici ce que c'est : monsieur, dont je fis la connaissance en Bolivie, en jouant un soir une partie de domino au café... ce cher ami. (Il lui serre la main.) Je l'ai aperçu de cette fenêtre... Alors...

DOMINO.

Vous avez tiré un coup de pistolet...

VAREMBOURDE.

Précisément... c'est ainsi que l'on s'appelle en Bolivie.

DOMINO.

Ah! c'est charmant... Eh bien ! si nous nous remettions à table. (A Gustave.) Monsieur nous fera bien le plaisir d'accepter une tasse de café, la moindre des choses.

GUSTAVE, confus.

Monsieur...

DOMINO, à Varembourde.

Voyons, insistez donc pour...

VAREMBOURDE, à Gustave.

Allons, Anatole, ne te fais pas prier davantage... accepte sans cérémonie... nous boirons aux Bolivardes... non, aux Boliviennes que tu as subjuguées.

GUSTAVE, à part.

Ce mari est étrange. (Haut.) A mon grand regret, je ne puis accepter votre invitation... je repars ce soir.

DOMINO.

Vraiment ?...

VAREMBOURDE.

Oui, pour la Bolivie... (Consultant sa montre.) Tu n'as que le temps... Le dernier train de Versailles est à 9 heures.

GUSTAVE.

Cet homme est sinistre !

ENSEMBLE.

Air : *Pars pour la Crète.* (Belle Hélène.)

Pars tout de suite   (*bis.*)
Sans train, prends le train et quitte
Paris bien vite   (*bis.*)
Fuis loin de ce toit.

Ah ! ah ! ah !
Pars tout de suite   (*bis.*)
Sans train, prends le train et quitte
Paris bien vite   (*bis.*)
En Bolivie, on doit compter sur toi !

(Gustave sort par le fond, et les autres personnages par la gauche, 2ᶜ plan. — Au moment ou Varembourde va pour les suivre, il est retenu par Salambo).

SCÈNE XIII

SALAMBO, VAREMBOURDE *.

SALAMBO.

Varembourde...

VAREMBOURDE.

C'est vous ! eh bien ! vous vouliez des armes, en voilà... elles ont servi.

SALAMBO.

Tu n'es pas blessé, oh ! dis-moi que tu n'es pas blessé !

VAREMBOURDE.

Je le suis... de vos procédés... dites-moi pourquoi vous m'avez fait faire cet achat dangereux ?

SALAMBO.

Mais, à minuit, au bas du petit escalier, que ferez-vous si vous n'êtes par armé.

VAREMBOURDE.

On n'a pas besoin de pistolet, pour demander : cordon, s'il vous plaît !

SALAMBO.

Mais pour enlever une femme...

VAREMBOURDE.

Voyons... expliquons-nous, il y a confusion, je n'enlève personne.

SALAMBO.

Comment, vous ne m'enlevez pas !

VAREMBOURDE.

Chère Salambo, ça ne se fait plus... vous êtes en retard... on n'enlève plus que les ballons... on ne les dirige pas, c'est vrai, mais ça viendra.

SALAMBO.

Oh! mes rêves de bonheur !** (Elle tombe dans un fauteuil.) Tiens, dis tout... tu me méprises.

* Salambo, Varembourde.
** Varembourde, Salambo.

VAREMBOURDE.

Mais non !

SALAMBO.

Parce que je suis à la cuisine, et non dans le salon... Tiens je vais te conter mon histoire. (Il s'assied avec résignation.) Oh ! ça ne sera pas long, tu n'as pas besoin de t'asseoir...

VAREMBOURDE.

C'est plus convenable... on écoute mieux... à tête reposée.

SALAMBO.

Corinne et moi, nous étions orphelines... Jeunes et jolies, au milieu des séductions de la capitale... tu les connais, ces séductions, Varembourde?

VAREMBOURDE.

Ne m'en parlez pas.

SALAMBO.

Nous abritâmes nos jeunes années dans un débit de tabac et de liqueurs.

VAREMBOURDE.

Un caboulot ! quelle garantie !

SALAMBO.

Corinne était au tabac, moi j'avais le département des liqueurs... pourtant je n'étais pas heureuse.

Air *de Joseph.*

Hélas ! que les destins contraires
M'avaient réservé de douleurs !
J'ai versé bien des petits verres,
Mais j'ai versé bien plus de pleurs ;
Et quand je versais à la ronde
Mes liquides les plus extras,
Je consolais bien tout le monde,
Mais je ne me consolais pas.

Vous m'écoutez, Varembourde?

VAREMBOURDE.

Certainement. (A part.)* Je donnerais 6 sous pour être à la Villette.

SALAMBO.

Un pacte étrange m'unissait à Corinne. Il avait été convenu entre nous, que, si l'une venait à se marier, l'autre suivrait sa fortune, et partagerait sa maison ; ce fut Corinne qui se maria. M. Domino la conduisit à l'autel... Je ne le blâme pas, mais elle a une fière chance.

* Salambo, Varembourde.

VAREMBOURDE.
Et lui donc? En voilà un veinard!

SALAMBO.
Je la suivis... J'étais sur le contrat; j'étais la dot de Corinne.

VAREMBOURDE.
Une dot assez rondelette.

SALAMBO.
Un jour on renvoya la cuisinière... je la remplaçai provisoirement, et voilà six ans que cela dure, six ans que je consume ma jeunesse au feu des fourneaux... mais j'en ai assez... le tablier me pèse comme un remords... Varembourde, arrache-moi de cet enfer... Va, je suis digne de porter ton nom... Eh quoi! vous vous taisez?

VAREMBOURDE.
Je demande à réfléchir.

SALAMBO.
Il demande à réfléchir, il ne m'aime pas! Ah! tenez, vous ne m'avez jamais aimée.

VAREMBOURDE.
Pardon, mais on peut s'aimer...

SALAMBO.
Je crois que vous allez me proposer d'être votre maîtresse!

VAREMBOURDE.
Non, mes intentions sont pures, je voudrais vous épouser; mais que diraient les Varembourdas de las Riolas y Gratinas; le monde nous sépare, Salambo!

SALAMBO.
Ah! c'est trop fort! on ne fait pas poser ainsi une pauvre enfant. (Entrée de Frédéric et La Houlette.)

VAREMBOURDE.
Contenez-vous, voici des étrangers!

SCÈNE XIV

Les Mêmes, FRÉDÉRIC, LA HOULETTE*.

FRÉDÉRIC.
Cent francs et la conscience pure, c'est le vrai bonheur! quelle nopce demain!

LA HOULETTE.
Ah! monsieur! madame, serviteur. (A Frédéric.) Nous filons, hein!

* La Houlette, Frédéric, Varembourde, Salambo.

FRÉDÉRIC.

Adieu, maison hospitalière !

VAREMBOURDE.

Elle l'est trop, messieurs... Emmenez-moi, arrachez-moi d'ici... Remettez-moi sur la route de la Villette !

FRÉDÉRIC.

C'est facile !

SALAMBO.

Ah ! traître !... tu ne m'échapperas pas ainsi. Messieurs, ne l'écoutez pas. (Elle tombe sur un fauteuil.)

LA HOULETTE.

Elle s'évanouit !

VAREMBOURDE.

C'est le moment...

FRÉDÉRIC *.

De lui porter secours...

VAREMBOURDE.

Non, de filer.. c'est canaille ce que je fais là, mais bah ! une cuisinière... Messieurs, à cheval !... je vous offre un fiacre. (Il sortent.)

SALAMBO, se levant.

S'il m'avait du moins laissé sa photographie. (Elle tombe en attaque de nerfs ; tout le monde accourt de la salle à manger.)

SCÈNE XV

SALAMBO, CORINNE, SPARTACUS puis ZIDORE, puis DOMINO.

CORINNE **.

Qu'y a-t-il ?... ah ! Salambo qui se trouve mal.

SPARTACUS.

Laissez-moi... je connais ça... il faut la délacer.

SALAMBO.

Ne touchez pas, carabinier ! (Elle s'agite.)

ZIDORE ***.

Madame Domino, s'il vous plait ?

CORINNE.

C'est moi.

ZIDORE.

C'est bien vous, madame, qui avez fait mettre dans les journaux une annonce pour une chienne ?

* La Houlette, Varembourde, Frédéric, Salambo.
** Corinne, Spartacus, Salambo.
*** Corinne, Zidore, Spartacus, Salambo.

CORINNE.

Oui, eh bien ! elle est ici !

ZIDORE.

Ici... elle est au Vésinet... où elle ne manque de rien, allez.

CORINNE.

Mais on vient de me la rapporter !

ZIDORE.

C'est une chienne fausse... Si vous voulez avoir la vraie, venez la chercher demain au Vésinet, arbre 2844... Messieurs, mesdames, la compagnie. (Il sort.)

SPARTACUS, à part.

Au Vésinet demain, j'y serai.

CORINNE, allant prendre la chienne à la cuisine.

Il est tout noir... ah ! de la couleur !

SPARTACUS.

M'est avis qu'elle est maquillée.

CORINNE.

Ah ! Ah ! (Elle passe la chienne à Spartacus, qui la met sur les genoux de Salambo, qui continue à s'agiter.) C'en est trop !... (Elle s'évanouit.)

DOMINO, entrant *.

Corinne évanouie !... des sels ! du vinaigre ! (Il court de l'une à l'autre femme.)

SPARTACUS.

Le cœur de la femme est un abîme !

* Corinne, Domino, Spartacus, Salambo.

FIN DU DEUXIÈME ACTE.

ACTE TROISIÈME

Le théâtre représente une vue du bois du Vésinet. Fond et côté s
d'arbres au deuxième plan ; un peu sur la gauche un gros arbre à
branches mobiles, devant l'arbre, un tapis de verdure.

SCÈNE PREMIÈRE

VAREMBOURDE, DOMINO, FRÉDÉRIC, LA HOULETTE, TI-
TINE, BLONDINETTE, NINI, ANITA, GRISETTES, JEUNES
GENS *.

La mise en scène indique la fin d'un repas sur l'herbe. Tous les personnages sont groupés sur le tapis de verdure ; des reliefs sont épars ;
bouteilles, assiettes, verres, etc. Au lever du rideau, tout le monde
chante.

Air *nouveau de M. Lazard.*

ENSEMBLE.

Amis, voici le dessert,
L'instant où l'on déraisonne.
Que notre gaîté résonne
Dans un délirant concert !
LA HOULETTE.
Chantons, soit, mais dans ce cas,
Il nous faut reprendre haleine
VAREMBOURDE, la bouche pleine.
C'est vrai, ma voix ne sort pas
Lorsque j'ai la bouche pleine,

ENSEMBLE.

Amis, voici le dessert, etc.
NINI.
Varembourde... mon bon Varembourde...

* Anita, Blondinette, Domino, Titine, Frédéric, La Houlette,
Nini, Varembourde.

VAREMBOURDE, un peu ému.

Appelez-moi Ernest...

NINI.

Encore un peu de paté?

FRÉDÉRIC.

Tu veux donc l'étouffer !

VAREMBOURDE.

Oh! oui, étouffer mes remords, car je devrais être à la Villette.

DOMINO, à Blondinette.

Donnez-moi un de vos cheveux?

BLONDINETTE.

Pourquoi faire?

DOMINO.

Pour le mêler aux miens.

BLONDINETTE.

Quand vous aurez fini votre fromage à la crème... il pourrait arriver un malheur.

FRÉDÉRIC.

Eh bien ! mademoiselle Titine, est que vous regrettez votre voyage?

TITINE.

Non, vraiment ! D'ailleurs, vous n'avez rien ménagé pour qu'il fût charmant. Une salle à manger de verdure, de la musique dans les branches, de la gaîté partout...

BLONDINETTE.

Du champagne à indiscrétion...

LA HOULETTE.

Du fromage à la crème à s'en barbouiller la figure...

NINI.

Et un paté.... Quel paté, n'est-ce pas Varembourde?

VAREMBOUBDE.

Appelez-moi Ernest... c'est plus pastoral, d'un pastoral qui me va, surtout l'été.

Air *de Duprato* (Piccolino.)

> J'aime en fait de pastorale
> Les plaisirs gaîment menés,
> Surtout lorsque la morale
> N'y fourre pas trop le nez.
>
> Je le déclare tout haut,
> Voilà lorsqu'il fait bien chaud,
> Ce que j'aime.
> Par système,

Voilà lorsqu'il fait bien chaud,
Ce que j'aime tout de go,
A ti-tire larigot.

ENSEMBLE.

Je le déclare tout haut, etc.

LAHOULETTE.

Quand la chaleur nous harrasse,
Je cherche l'ombre à l'instant,
Et je veux tout à la glace...
Sauf les femmes, cependant.

ENSEMBLE.

Je le déclare tout haut, etc.

DOMINO.

Je suis un bourgeois paterne :
L'été, le gazon me plaît.
Vivent le foin, la luzerne !
Vraiment, on en mangerait.

ENSEMBLE.

Je le déclare tout haut, etc.

FRÉDÉRIC, regardant Titine.

Parmi ces plaisirs sans nombre,
Celui que j'aime le mieux,
Mes amis, c'est aussi l'ombre,
Mais l'ombre de deux beaux yeux.

ENSEMBLE.

Je déclare tout haut, etc.

BLONDINETTE.

Mais à qui le devons-nous, ce balthazar champêtre ?

FRÉDÉRIC.

A vos serviteurs, mesdemoiselles, Frédéric et la Houlette,
ci-présents.

LA HOULETTE.

Ou plutôt non, à la Providence, qui nous a procuré l'a-
venture la plus drôle...

TOUS.

Bah ! contez-nous ça... contez-nous ça ?

LA HOULETTE.

C'était pendant l'horreur d'une trop longue attente... nous
allions...

FRÉDÉRIC.

Chut !

TOUS.

Quoi ?

FRÉDÉRIC.

Chut !... La Houlette !

LA HOULETEE.

Eh bien !...

FRÉDÉRIC.

Regarde.

SCÈNE II

LES MÊMES, LE MONSIEUR.

LE MONSIEUR, entrant par le fond ; il examine un arbre.

2843, on m'a dit que je les trouverai à l'arbre 2844... ce doit être par ici (Il se retourne, et se trouve face à face avec Frédéric et la Houlette, qui s'inclinent profondément devant lui, le prennent par la main et l'amènent face aux convives.)

FRÉDÉRIC*.

Mes amis, je vous ai dit tout à l'heure que la Providence vous avait donné la pâture ; maintenant, je vous présente l'instrument dont elle s'est servi.

VAREMBOURDE**.

Eh mais ! c'est mon monsieur du Luxembourg (au Monsieur.) Figurez-vous, cher ami....

LE MONSIEUR, à part.

Est-ce qu'il va recommencer son histoire.

LA HOULETTE.

C'est à lui que nous devons, que vous devez tous cette journée de délices, et je vous propose d'inventer, pour lui témoigner notre reconnaissance, un cérémonial qui servira d'exemple dans l'avenir à l'humanité reconnaissante envers ses bienfaiteurs.

LE MONSIEUR, se débattant.

Mais... je suis pressé... j'ai affaire...

FRÉDÉRIC.

Pas d'observation !

Air nouveau de M. Lazard ***.

Que chacun devant lui parade.

* La Houlette, Le Monsieur, Frédéric, Domino, Anita, Blondinette, Nini, Varembourde.

** La Houlette, Frédéric, Varembourde, Le Monsieur, Domino, Anita, Blondinette, Nini.

*** Domino, La Houlette, Frédéric, Le Monsieur, Titine, Anita, Blondinette, Nini.

TOUS.
Rade ! Rade ! Rade !
FRÉDÉRIC.
Amis donnons lui l'accolade.
TOUS.
Lade ! lade ! lade !

(Les hommes passent successivement, et donnent une accolade co-
mique au monsieur, pendant le chœur suivant chanté par les femmes *.

CHŒUR

Honneur, honneur ⎱
A notre bienfaiteur! ⎰ *(bis.)*

LA HOULETTE.
Au tour de ces demoiselles.
LE MONSIEUR.
Elles sont gentilles.

LA HOULETTE.
Même air.
Après, que chaque demoiselle,
TOUS.
Selle ! selle ! selle !
LA HOULETTE.
A l'embrasser montre du zèle.
TOUS.
Zèle ! zèle ! zèle !

(Les dames passent devant lui comme pour l'embrasser, Frédéric se
place entre eux et reçoit tous les baisers.)

CHŒUR **.

Honneur, honneur ⎱
A notre bienfaiteur! ⎰ *(bis.)*

VAREMBOURDE ***.
Ce n'est pas tout.

Même air.

Couronnons-le de fraîches roses,
TOUS.
Roses ! Roses ! Roses !

* Le Monsieur, Frédéric, Domino, La Houlette, Titine, Anita,
Blondinette, Nini.
** Titine, Anita, Nini, Blondinette, Le Monsieur, Frédéric, La
Houlette, Domino,
*** Titine, Anita, Nini, Blondinette, Le Monsieur, Varembourde,
Frédéric, La Houlette, Domino.

VAREMBOURDE.
De fleurs nouvellement écloses.

TOUS.
Closes! closes ! closes !

(Varembourde lui retire son chapeau, et lui met sur la tête une couronne de fleurs.)

CHOEUR.

Honneur, honneur } (*bis.*)
A notre bienfaiteur!

FRÉDÉRIC *.
Complétons son costume. (Il va prendre un châle rouge suspendu à une branche d'arbre.)

Même air.
Enfin dans ce peplum antique,
TOUS.
Tique! tique ! tique !
FRÉDÉRIC.
Drapons sa dignité classique.
TOUS.
Sique!   sique ! sique.

(Frédéric le drape dans le châle.)

CHOEUR.

Honneur, honneur } (*bis.*)
A notre bienfaiteur!

LE MONSIEUR, déclamant.
Il me semble que dans un pays libre, on n'a pas le droit...
FRÉDÉRIC.
Ne déclame pas, Théramène !... Dans quel pays existe-t-il des lois qui empêchent la reconnaissance de se manifester... Nous t'élevons un monument dans nos cœurs; tu deviens pour nous un Grec des temps antiques auquel nous décernons les honneurs du triomphe.
TOUS.
Le triomphe!
FRÉDÉRIC.
Mais pour cela, il nous faudrait un char, ou a défaut de char, un cheval, un âne, un mulet.

* Titine, Anita, Nini, Blondinette, Frédéric, Le Monsieur, Varembourde, Domino, La Houlette.

LA HOULETTE, enlevant le Monsieur et le mettant sur les épaules de
Domino.

Voilà le mulet demandé *!

DOMINO, poussant des cris.

Mais ça n'est pas... rigolo du tout, ça.

LA HOULETTE.

Un mulet est toujours rigolo... en avant, marche! (Les jeunes
gens, Varembourde en tête, se sont emparés des assiettes restées au
pied de l'arbre, et dont ils se servent comme de cymbales. Ils forment
une procession et défilent sur le chœur suivant, en faisant plusieurs
tours, jusqu'à la coulisse du troisième plan à gauche, où Domino jette
le monsieur et revient rejoindre les autres personnages, qui ont redes-
cendu la scène en riant aux éclats.)

CHOEUR.

Air : *Lantourelou, ranfla.*

Chantons sa gloire, mes amis,
Partout qu'elle résonne (*bis.*)
Au Vésinet comme à Paris.
Qu'il garde sa couronne (*bis.*)
Il a bien droit qu'on chante à l'unisson,
Tous ses bienfaits dignes d'un grand renom.
Zing bala boum boum, etc.

VAREMBOURDE.

Je n'en peux plus! j'ai fait le tour du monde, ça ne m'a pas
tant fatigué**.

FRÉDÉRIC.

Oui, mais aussi vous n'avez pas tant ri.

VAREMBOURDE.

Et la Villette! mon Dieu, et la Villette!...

DOMINO ***.

Avouez qu'elles sont charmantes.

VAREMBOURDE.

Oui, mais la Villette!... Et bien! et vous, et votre femme?...

DOMINO.

Ma femme, elle court après sa chienne.

VAREMBOURDE.

Où ça?

DOMINO.

Quelque part, par ici, je crois.

VAREMBOURDE.

Et si elle allait vous rencontrer?

---

* Titine, Nini, Anita, Blondinette, le Monsieur, Domino, La
Houlette, Frédéric, Varembourde.

** Frédéric, Varembourde.

*** Frédéric, Varembourde, Domino.

DOMINO.

Bah! le bois est grand et puis j'ai bon pied, bon œil...

BLONDINETTE, à Domino *.

Dites donc, est-ce que vous me quittez.

DOMINO.

Jamais, mais si nous nous égarions un peu.

LA HOULETTE.

Eh bien! égarons-nous tous ensemble... pour ne compromettre personne.

TOUS.

Allons-y.

ANITA, à Varembourde, qui est remonté s'asseoir au pied de l'arbre.

Eh bien! à quoi pensez-vous!

VAREMBOURDE, redescendant.

A la grande Villette... Ah bah! continuons à nous étour-
dir.

DOMINO.

Air : *Le Brésilien.*

Lorsque l'on est à la campagne,
Ah ! qu'il fait bon d'être amoureux.

TOUS.

Ah ! qu'il fait bon d'être amoureux.

VAREMBOURDE.

Pour me griser, fi du Champagne !
Moi je préfère deux beaux yeux.

TOUS.

Moi je préfère deux beaux yeux.

DOMINO.

Que ne puis-je, ô belle nature !
Faire par un tour de sorcier,
De tes cabinets de verdure
Un cabinet particulier   (*ter.*)

LES HOMMES.

Voulez-vous me donner le bras.

LES FEMMES.

Je veux bien vous donner le bras.

ENSEMBLE.

Allons nous promener là-bas,
Parlons tout bas, bien bas.
Tra la la la.

(Ils sortent deux par deux à pas discrets.)

* Nini, La Houlette, Titine, Frédéric, Anita, Varembourde,
Blondinette, Domino.

SCÈNE III

FRÉDÉRIC, TITINE*.

FRÉDÉRIC.
Voulez-vous... voulez-vous,
Voulez-vous me donner le bras,

Mademoiselle Titine.

TITINE.
Volontiers.

FRÉDÉRIC.
Et puisque nous sommes seuls, voulez-vous que je vous dise encore que je ne dors plus, que je ne mange plus...

TITINE, riant.
Excepté au Vésinet.

FRÉDÉRIC.
Quelques bouchées par-ci par-là... uniquement pour me conserver à mon pays, mais je suis bien malheureux.

TITINE.
Et pourquoi ce malheur.

FRÉDÉRIC.
Parce que je vous aime.

TITINE.
Ça vous fait donc de la peine?

FRÉDÉRIC.
Non... mais vous me repoussez toujours.

TITINE.
Je vous repousse! Nous voici bras-dessus bras-dessous...

FRÉDÉRIC.
C'est vrai... eh bien! puisque vous avez accepté mon bras, acceptez ma main.

TITINE.
Non.

FRÉDÉRIC.
Alors, je suis manchot...

TITINE.
Oh! que non, mais vous connaissez mes idées... vous allez être riche... moi je n'ai rien... vous m'épouseriez de bon cœur, je le crois; mais votre famille n'approuverait pas ce mariage, et je ne veux m'imposer à personne.

FRÉDÉRIC.
En voilà des idées qu'on n'a jamais eues dans la couture !

* Frédéric, Titine.

TITINE.

Moi je les ai, et je m'y tiens.

FRÉDÉRIC.

Oh! que vous êtes heureuse de pouvoir raisonner aussi froidement, malgré ce ciel bleu, malgré ce soleil, malgré toutes ces chansons de l'été; mais ça ne vous dit donc rien, l'été?...

TITINE*.

Je songe à l'hiver.

FRÉDÉRIC.

Réponse à tout!... et vous êtes bien sûre que vous n'ayez pas de fortune?

TITINE.

Oh! parfaitement sûre.

FRÉDÉRIC.

En cherchant bien.

TITINE.

Je n'avais qu'un vieux parent qui pouvait me laisser quelques mille francs et qui m'a déshéritée.

FRÉDÉRIC.

Vraiment, et pour qui donc?

TITINE.

Pour une... chienne.

FRÉDÉRIC, riant.

Pour une chienne, serait-ce la nommée Chiffonnette?

TITINE.

Précisément.

FRÉDÉRIC.

Voilà qui est trop fort!... Chiffonnette, qu'il à léguée à madame Domino, avec 8,000 livres de rente.

TITINE.

Comment, vous savez?...

FRÉDÉRIC.

Parfaitement; tout n'est pas perdu. Comment, c'est vous... très-bien... très-bien. (Avec exaltation.) Oh! je la retrouverai, cette chienne, quand je devrais en faire une autre!

TITINE.

Qu'est-ce que vous dites donc?

FRÉDÉRIC.

Je dis, Titine, que vous êtes une ange, que je vous aime, que je suis heureux comme un roi... Allons les rejoindre, maintenant! Oh! eh! les autres, oh! eh!

ENSEMBLE.

Taratata, etc.

(Ils sortent.)

* Titine, Frédéric.

SCÈNE IV

LE MONSIEUR, puis NATOLE.

LE MONSIEUR.

Enfin ils sont partis... voyons... 2844... voici l'arbre, mais je ne vois pas ces gamins... Si j'imitais leur cri... Piii... wuít !

NATOLE *, montrant sa tête à travers les branches de l'arbre.

Qu'est-ce qu'il y a encore ?

LE MONSIEUR.

Tiens ! dans l'arbre !...

NATOLE.

On ne peut pas dormir tranquille, aujourd'hui ; c'est un vacarme depuis ce matin... Monsieur désire ?

LE MONSIEUR.

Jeune homme, je voudrais avoir quelques renseignements sur une chienne.

NATOLE.

Sur une chienne, attendez, je prends la rampe et je descends. (Il saute en scène.) Voilà, jasez, bourgeois.

LE MONSIEUR.

On m'a dit que vous aviez une chienne blanche avec des taches noires.

NATOLE.

Est-ce qu'elle est à vous ?

LE MONSIEUR.

Non, mais j'en fais collection, et si vous vouliez me la céder.

NATOLE.

Plus souvent ! elle n'est pas à vendre ! Zidore, en partant pour Paris, m'a dit : tu vois cette chienne, eh bien ! c'est la fortune.

LE MONSIEUR.

Oh ! mais je vous la paierai un bon prix.

NATOLE.

Y a pas mèche.

LE MONSIEUR.

Vingt-cinq francs.

NATOLE.

Vingt-cinq francs... Y a pas mèche.

LE MONSIEUR.

Trente-cinq francs.

NATOLE.

Trente-cinq... Y a pas mèche.

* Le Monsieur, Natole.

LE MONSIEUR, lui mettant de l'argent dans la main.
· Cinquante francs.

NATOLE, prenant l'argent.

Y a pas mèche... cinquante francs pourtant, c'est la fortune... Oh ma foi, si Zidore n'est pas content!... Attendez, je vas vous chercher la demoiselle.

LE MONSIEUR.

Je la tiens! ça m'aura coûté cher, mais je tâcherai de faire doubler la récompense!... Eh bien! où est-il don:? (Il cherche autour de l'arbre. On voit descendre au bout d'une corde un panier qui tombe sur la tête du Monsieur.) Qu'est-ce que c'est que ça?

NATOLE, dans l'arbre.

Ouvrez!... c'est la bête.

LE MONSIEUR.

Dans un panier.

NATOLE, redescendant de l'arbre.

Que nous avons acheté à mademoiselle pour aller aux courses...

LE MONSIEUR.

Je le prends avec.

NATOLE.

C'est dix francs.

LE MONSIEUR.

Dix francs... voilà.

NATOLE.

Ça y est, encore dix francs. Quelle nopce!

LE MONSIEUR.

Et maintenant, courons rue de la Truelle n° 7. (Il sort.)

SCÈNE V

NATOLE, chante et danse.

Trois monarques en vrai reluisant, rien que ça, traderi dera...

SCÈNE VI

NATOLE, SPARTACUS.·

SPARTACUS, entrant de droite.

Il s'agit de s'orienter, comme dit le brigadier au bezigue... et de se ménager les atouts... Elle vient chercher sa chienne, et elle trouve qui? Cupidon sous la forme du carabinier de ses rêves! Où est-ce la chienne? Eh! là! moucheron!

NATOLE *.

Voilà, mon général.

SPARTACUS.

Mon général! tu feras ton chemin, mon garçon... Est-ce toi qui as la chienne?...

NATOLE.

Oui! mais...

SPARTACUS.

Sufficit... C'est bien ici!... où me cacher?...

NATOLE.

Vous voulez vous cacher?

SPARTACUS.

Comme qui dirait tout voir sans être vu.

NATOLE.

Eh bien! montez chez moi, vue sur le devant.

SPARTACUS **.

Et où ça perche-t-il, chez toi?

NATOLE.

Là haut.

SPARTACUS.

Dans l'arbre... ça va.

NATOLE.

C'est vingt sous.

SPARTACUS.

Par où que l'on s'infiltre dans ton colombier?

NATOLE.

Par là, tenez. (Il monte dans l'arbre.)

SPARTACUS ***.

Oh! mais que c'est ostensiblement plus raide que de monter sur l'impériale des omnibus.

NATOLE.

Eh bien! prenez le grand escalier, par derrière... la grosse branche.

SPARTACUS.

Je préfère le grand escalier. (Il monte.) Là, très-bien... que je me fais l'effet de l'oiseau sur la branche...

---

* Natole, Spartacus.
** Spartacus, Natole.
*** Natole, Spartacus.

SCÈNE VII

LES MÊMES, LA HOULETTE, VAREMBOURDE, FRÉDÉRIC, DOMINO, ANITA, BLONDINETTE, NINI, TITINE.

(On entend dans la coulisse crier :)

L'attrapera, l'attrapera pas ! (Domino entre en poursuivant Blondinette.)

TOUS LES PERSONNAGES, entrant.

L'attrapera, l'attrapera pas ! (Blondinette donne un soufflet à Domino.)

FRÉDÉRIC *.

Il l'a attrapé.

BLONDINETTE.

Qui s'y frotte s'y pique !

SPARTACUS, dans l'arbre.

Que je m'amuse... que je m'amuse !

NATOLE, dans l'arbre.

Vous vous amusez !

SPARTACUS.

Je le réitère.

NATOLE.

C'est vingt sous.

SPARTACUS.

Bah ! (Il lui donne.)

VAREMBOURDE.

Elle est drôle, cette petite gigolette. (A Anita.) Ah ! petite gigolette, si vous vouliez m'aimer.

ANITA.

Vous ? Nous verrons ça l'hiver prochain.

NINI.

Qu'est-ce qui parle d'aimer l'hiver, parlez-moi des amours d'été.

LA HOULETTE.

Comme dit Frédéric dans sa chanson.

TOUS.

Quelle chanson ?

LA HOULETTE.

Eh bien ! la chanson des amours d'été.

TOUS.

Chantez-nous ça ? chantez-nous ça ?

FRÉDÉRIC.

Vous le voulez.

* Nini, La Houlette, Anita, Varembourde, Frédéric, Titine, Spartacus, Natole, Blondinette, Domino.

TOUS.

Oui! oui!

FRÉDÉRIC.

La *Ronde des Amours d'Été*, dédiée à ces demoiselles en
général, et à Mademoiselle Titine en particulier.

TITINE.

Merci.

FRÉDÉRIC.

J'y suis.

RONDE.

Air nouveau de M. Lazard.

Voici l'été qui nous arrive :
Il fait chaud jusque dans nos cœurs ;
Tout est joyeux, tout se ravive,
Et l'amour pousse avec les fleurs.
Salut, saison prospère et douce,
Qui nous met sens dessus dessous,
Qui nous rend le tapis de mousse,
Qui, des plus sages, fait des fous !

C'est l'ivresse et c'est la gaîté,
Qu'a grands flots le soleil nous jette
Chantons, amis, chantons la fête,
　　　Des amours d'été.

ENSEMBLE.

C'est l'ivresse et c'est la gaîté, etc.

FRÉDÉRIC.

Venez, les blondes demoiselles !
C'est dimanche, éparpillons-nous,
Dans les prés verts, sous les tonnelles,
Ces lieux d'agrestes rendez-vous.
Mais gare à vous, la brise est folle ;
Attachez vos bonnets mutins,
Car en été plus d'un s'envole,
Hélas, par dessus les moulins !

ENSEMBLE.

C'est l'ivresse et c'est la gaîté, etc.

FRÉDÉRIC.

Oui nous t'aimons, saison de flamme,
Où le soleil prête un rayon
A l'amour qui fleurit dans l'âme,
Au blé qui croît dans le sillon ;
Saison ou la gaîté trépigne,
Où l'on se rit de la raison,
Où l'amour, muni d'une ligne,
Pêche les cœurs à l'hameçon

ENSEMBLE.

C'est l'ivresse, c'est la gaîté, etc.

TOUS.

Bravo! bravo! tous! tous!

FRÉDÉRIC, se défendant et saluant.

Non vraiment.

VAREMBOURDE.

Cet air donne envie de galoper. (Il fredonne l'air de la ronde.)
D'abord, moi, je ne puis plus rester en place...

ANITA.

Moi j'ai des fourmis dans les jambes.

VAREMBOURDE.

Voyons!

ANITA.

A bas les pinces!

VAREMBOURDE.

En place !

TOUS.

En place.
(QUADRILLE, sur les motifs de la ronde.)

VAREMBOURDE.

Et maintenant au galop ! (Ils sortent en galopant.)

SCÈNE VIII

NATOLE, SPARTACUS (dans l'arbre), puis DOMINO.

SPARTACUS *.

C'est égal, que je voudrais savoir la chanson... elle m'a plu
sensiblement.

NATOLE.

Elle vous a plu.

SPARTACUS.

Je le réitère.

NATOLE.

C'est vingt sous.

SPARTACUS.

Encore? m'est avis que c'est plus cher de loger sur la
branche qu'au grand hôtel.

BLONDINETTE, entrant, suivi de Domino **.

Mais enfin qu'est-ce que vous voulez?

DOMINO.

Vous me comprenez bien.

* Spartacus, Natole.
** Blondinette, Domino, Spartacus, Natole.

BLONDINETTE.

Ma foi non.

DOMINO.

Une salle à manger en noyer... comprenez-vous?

BLONDINETTE.

Un peu.

DOMINO.

Un salon en acajou... comprenez-vous ?

BLONDINETTE.

Passablement.

DOMINO.

Une chambre en palissandre, dites, comprenez-vous?

BLONDINETTE.

Passionnément.

DOMINO.

Et le plaisir de me voir souvent... comprenez-vous?

BLONDINETTE *.

Pas du tout...

SPARTACUS.

Il est ostensible que le vieux satyre se propose inconti-
nent de donner quelques coups de bancal dans le contrat!

DOMINO, s'approchant et prenant Blondinette par la taille.

Cependant...

SCÈNE IX

Les Mêmes, SALAMBO.

SALAMBO **.

Eh bien! ne vous gênez pas!

DOMINO.

Ma subalterne.

BLONDINETTE.

Qu'est-ce que c'est?

DOMINO.

Rien... Salambo, que faites-vous ici... et le pot au feu?...

SALAMBO.

Le pot au feu! Avec cela que vous vous en occupez bien,
du pot au feu!

DOMINO.

Il n'est pas défendu de se promener dans les bois; c'est hy-
giénique, et puis très à la mode.

---

* Domino, Blondinette, Spartacus, Natole.
** Domino, Salambo, Blondinette, Spartacus, Natole.

Air : *J'ai vu le Parnasse des Dames.*

Dans les bois, on respire à l'aise,
L'air est plus parfumé, plus sain,
Et l'on aime y cueillir la fraise,
Quand on est deux...

SALAMBO.

Oui, c'est certain :
Pour les cerfs, l'endroit est commode,
Le coucou s'y trouve au logis :
Vous l'avez dit, c'est à la mode,
Les bois sont faits pour les maris.   (*bis.*)

C'est du propre!.... Monsieur qui fait du printemps pendant que sa femme est là qui court après sa fortune...

DOMINO.

Où ça, ma femme?...

BLONDINETTE.

Sa femme, maintenant.

SALAMBO..

Tenez, voyez-vous là-bas.

DOMINO.

Avec qui est-elle?

SALAMBO.

Vous le lui demanderez.

BLONDINETTE.

Comment, vous êtes marié?...

SALAMBO.

Oui ma petite, marié... presque père de famille. Ah! ah! si vous m'aviez épousé au lieu de Corinne.

DOMINO.

Mademoiselle Salambo!

SALAMBO.

Ça pouvait arriver! Si vous avez préféré les prunes, au tabac.

DOMINO.

Comment savoir avec qui elle cause?... si je me cachais.

SALAMBO.

Tenez, je ne veux pas voir cette scène-là... arrangez-vous en famille (A part.) Je crois avoir reconnu Varembourde au milieu d'une bande de jeunes gens; je vais voir si je peux le repincer.

BLONDINETTE.

Adieu, M. Domino (Elles sortent.)

4.

SCÈNE X

LES MÊMES, moins BLONDINETTE et SALAMBO.

DOMINO. *
Les voici... Où me cacher !

NATOLE, redescendant de son arbre.
Monsieur veut se cacher ?

DOMINO.
Oui.

NATOLE.
Montez chez moi, vue sur le devant.

DOMINO.
Où ?

NATOLE.
Par ici.

DOMINO.
Dans l'arbre.

NATOLE.
Il y a de quoi s'asseoir.

DOMINO
Au fait... Allons.

NATOLE.
C'est vingt sous.

DOMINO.
Voilà. (Il monte dans l'arbre.)

SPARTACUS.
Allons bon, voilà qu'il fait monter le mari, maintenant...
Fichtre ! mais que je suis pincé !... Je vais grimper d'un
étage. (Il monte plus haut.)

SCÈNE XI

LES MÊMES, CORINNE, GUSTAVE**.

CORINNE.
Mais monsieur... cette poursuite est inconvenante.

GUSTAVE.
Pourquoi? Sachant que vous deviez venir dans ce bois, je
vous ai attendue pour causer un peu.

* Domino, Natole, Spartacus.
** Corinne, Gustave, Domino, Spartacus.

CORINNE *.

J'ai bien d'autres chats à fouetter... Je viens chercher une chienne.

GUSTAVE.

Corinne!...

DOMINO.

Comment, il appelle ma femme par son petit nom.

GUSTAVE.

Écoute-moi...

SPARTACUS.

Je crois qu'il s'est permis de la *tutéyer*.

CORINNE.

Mais monsieur, vous me tutoyez !...

GUSTAVE.

Le cœur ne sait pas dire vous...

SCÈNE XII

LES MÊMES, VAREMBOURDE.

VAREMBOURDE **.

Ah ! elle est compromettante cette petite gigolette... Quelle chaleur!... Il fait plus chaud ici qu'en Bolivie... tiens... tiens... la dame de la Truelle... et le petit monsieur fadasse... Décidément, il y tient (A Gustave.) Ca va bien. (Il s'incline devant Corinne, qui lui rend son salut et remonte en cherchant autour d'elle.)

GUSTAVE.

Encore le mari... monsieur !

VAREMBOURDE.

Eh bien ! mon gaillard, ça va-t-il mieux qu'hier ?

GUSTAVE.

Ah monsieur... cette ironie...

VAREMBOURDE.

Entre nous, là, voyons, mord-elle un peu ?

GUSTAVE.

Hélas ! je dois l'avouer, monsieur, elle me résiste...

VAREMBOURDE.

Vous n'êtes pas beau, mais à votre âge, elle ne m'aurait pas résisté...

GUSTAVE.

Cependant.

* Gustave, Corinne, Domino, Spartacus.
** Gustave, Varembourde, Corinne, Domino, Spartacus.

VAREMBOURDE.

Vous ne savez pas vous y prendre... Voyons, faites-lui votre déclaration?

GUSTAVE.

Moi...

VAREMBOURDE.

Pour voir comment vous vous y prenez.

GUSTAVE, à part.

Quel drôle de mari!

VAREMBOURDE.

Pas un mot... il ne trouve pas un mot... je vais vous montrer ça, moi... tenez, regardez-moi bien. (A Corinne, qui est redescendue.) Hum ! hum !... madame... Vous voyez, j'attire son attention... regardez. Hum ! hum ! madame !

CORINNE.

Monsieur.

VAREMBOURDE, à Gustave,

Regardez-bien (A Corinne.) Je tombe à vos genoux... Je me roule à vos pieds, et si vous me résistez...

SPARTACUS.

Comment... attends... attends. (Il décroche et jette son sabre sur la scène.) Eh ! eh ! là-bas !

TOUS.

Ah !

DOMINO.

Tiens, le cousin sur la branche.

VAREMBOURDE.

Ah ! ça, il pleut donc des sabres, ici.

SPARTACUS, en scène *.

Des sabres et des carabiniers aussi.

CORINNE.

Ciel !

SPACTACUS.

Oui, j'en tombe, du ciel, pour vous venger, vous et votre noble mari. (A part.) Je dis ça pour l'autre, qui est là-haut.

DOMINO.

Quel cœur dans ce simple homme d'armes !

SPARTACUS.

Quant à toi.....

VAREMBOURDE.

Oh ! oh! pas de familiarités, n'est-ce pas?... nous n'avons pas gardé les poulets d'Inde ensemble...

* Gustave, Varembourde, Spartacus, Titine, Domino.

SPARTACUS.

Il n'y a pas ici de poulets... il n'y a que deux dindes...
non, deux hommes dont l'un va mordre...

VAREMBOURDE.

Il va me mordre...

SPARTACUS.

Dont l'un va mordre la poussière... En garde !...

CORINNE.

Que va-t-il se passer ?

GUSTAVE.

Messieurs.

SPARTACUS.

En garde.

GUSTAVE.

Je cours chercher le garde-champêtre. (Il remonte vivement,
suivi par Corinne, et sort après avoir échangé quelques paroles avec elle.)

SCÈNE XIII

LES MÊMES, moins GUSTAVE *.

SPARTACUS.

Allons, en garde, choisis ! (Il tire son sabre et en présente la lame
et le fourreau à Varembourde.)

VAREMBOURDE.

Merci, je ne sais pas découper.

SPARTACUS.

Choisis.

VAREMBOURDE.

Alors... je préfère la lame...

SPARTACUS.

Voici, (Il lui donne le fourreau.)

VAREMBOURDE, sans s'en apercevoir.

Quand je disais que tout ça finirait mal... oh ! mes aïeux...
(Il secoue le fourreau qui résonne.) Mais il y a erreur... j'avais
choisi la lame.

SPARTACUS, essayant de lui porter une botte.

Allons, défends-toi !

* Varembourde, Spartacus, Corinne, Domino.

SCÈNE XIV

LES MÊMES, SALAMBO *.

SALAMBO, accourant.
Ah ! arrêtez. (Elle sépare les combattants.)
CORINNE.
Salambo, que fais-tu ?
SALAMBO.
Mais tu ne vois donc pas qu'il veut me le tuer !...
VAREMBOURDE.
Décidément, elle est compromettante... j'aime autant ça...
mais elle est compromettante.
SPARTACUS.
Pardon, excuse !... je vous ferai observer que c'est une af-
faire entre nous deux.
SALAMBO **.
Entre vous deux! eh bien ! et moi... vous ne savez donc
pas ce que c'est que l'amour ?
SPARTACUS.
Je ne le sais pas?... que j'en fais des métiers d'oiseaux
dans les arbres !
SALAMBO.
Vous abusez de sa jeunesse... mais ça ne se passera pas
comme ça. (Elle arrache le fourreau des mains de Varembourde.) A
nous deux !
SPARTACUS.
Mais pardon !... que je ne connais pas les bottes du genre
féminin.
SALAMBO, se mettant en garde.
Vous allez les connaître.
VAREMBOURDE.
Comme elle m'aime !
CORINNE.
Salambo !...
SALAMBO, même jeu.
Laisse-moi, je l'aime.
CORINNE.
Mais enfin, ce n'est pas une conduite, pense à moi...
SALAMBO.
Oh ! toi, tu es établie ! (A Spartacus.) Faites-lui des excuses.

---

* Spartacus, Corinne, Salambo, Varembourde, Domino.
** Spartacus, Salambo, Corinne, Varembourde, Domino.

SPARTACUS.

Oh ! oh !

SALAMBO, lui portant des bottes.

Vous refusez... tiens ! tiens !

TITINE ET VAREMBOURDE.

Assez ! assez !

SALAMBO *.

Non !... (Elle poursuit Spartacus.)

SPARTACUS.

Au secours ! au secours. (Elle le touche par derrière.) Quelle drôle de botte !

VAREMBOURDE.

C'est bien, carabinier, je reçois vos excuses...

SCÈNE XV

Les Mêmes, FRÉDÉRIC, LA HOULETTE, TITINE, NINI, BLONDINETTE, ANITA etc., **.

TOUS.

Qu'y a-t-il.

FRÉDÉRIC.

Un combat ? (Il arrache la lame des mains de Spartacus.)

SPARTACUS.

Elle a une fière poigne... c'est égal, ça fait plaisir de penser qu'il y a des créatures aussi solides !

SALAMBO ***.

Es-tu content, Varembourde ?

VAREMBOURDE.

Je te compare à Jeanne Hachette... pour le courage.

TITINE.

Vous n'êtes pas blessé, monsieur Varembourde !

VAREMBOURDE.

Non ! seulement j'ai soif. (Il remonte.)

DOMINO, dans l'arbre.

Je voudrais bien descendre, maintenant. (Il laisse tomber son chapeau.) Ah ! mon chapeau.

VAREMBOURDE.

Allons bon ! voilà qu'il pleut de la chapellerie, maintenant.

* Spartacus, Corinne, Varembourde, Salambo.
** Corinne, Frédéric, Anita, Nini, Spartacus, Titine, Varembourde, Salambo, Blondinette.
*** Spartacus, Corinne. Titine, Varembourde, Salambo, Blondinette.

BLONDINETTE, levant la tête.

Ah ! c'est M. Domino qui fait son nid ! Dites donc... est-ce là l'appartement que vous avez promis de me meubler ?

DOMINO.

Mademoiselle, je ne vous connais pas...

BLONDINETTE.

Vous ne disiez pas cela ce matin, dans le chemin de fer.

CORINNE *.

Ah ! monsieur, voilà la vie que vous menez !

DOMINO.

Mais vous-même, madame, tout à l'heure avec ce jeune homme que je n'ai pu reconnaître.

CORINNE.

Assez, monsieur, je quitte votre toit... je me retire chez ma tante des Batignolles... qui est aux bains de mer à Trouville.

SPARTACUS**.

Comme qui dirait dans ma famille.

DOMINO.

Mais je t'expliquerai !... attends que je descende. (Il veut descendre.)

BLONDINETTE, prenant le sabre de Spartacus.

Si tu descends, je t'embroche... (Ils entourent l'arbre en chantant et en dansant, Domino veut descendre, mais il s'accroche dans les branches, et reste suspendu par son habit.)

Air : *Ah c' cadet là, quel pif qu'il a.*

Voyez donc la pose qu'il a,
A-t-il assez l'air chose ?...
Jusqu'à demain il gardera,
Il gardera sa pose.

* Spartacus, Corinne, Varembourde, Salambo, Titine, Blondinette.

** Frédéric, Titine, Varembourde, Salambo, Spartacus, Corinne, Blondinette, La Houlette.

FIN DU TROISIÈME ACTE.

ACTE QUATRIÈME

**La plage des bains à Trouville; à droite, l'hôtel des bains; au fond
et à gauche, la mer.**

SCÈNE PREMIÈRE

VAREMBOURDE, LE MONSIEUR.

Au lever du rideau, le Monsieur, déguisé en garçon baigneur, pousse
une cabine roulante dans laquelle se trouve Varembourde, en costume
de bain et endormi. A deux reprises différentes, le Monsieur s'arrête
et demande à Varembourde s'il est bien, là. A la fin, il fixe les bran-
cards sur un support *ad hoc*, de manière à ce que la cabine puisse
avoir une seconde sortie sur la coulisse.

LE MONSIEUR.

Eh bien! est-ce assez près? Non... Ici?... Il ne répond
pas... il dort.... Ouf! je n'en peux plus. C'est ce coquin de
costume qui est cause de tout... J'ai été obligé de l'emprun-
ter à un garçon baigneur, et d'acheter une fausse barbe, afin
de dépister les gamins et les jeunes gens du Vésinet... Pour
plus de sûreté, j'ai fourré Chiffonnette dans cette cabine,
jusqu'à ce que je rencontre madame Domino, que l'on m'a
dit être aux bains de Trouville... (Il s'approche de Varembourde.)
Bon! il dort encore... Ah! mais, en voilà assez... La bête qui
est là dedans serait capable d'étouffer dans son panier, hé!...
hé!... bourgeois!

VAREMBOURDE *.

Hein! la Villette!... Oui, je descends, ici..... ah! je dor-
mais!.. Parbleu, sitôt que je sens sous moi quelque chose qu-
roule... crac... je m'endors... ça m'a joué plus d'un tour... Figurez-vous que j'habite la Villette...

---

* Varembourde, Le Monsieur.

LE MONSIEUR.
Je la connais. (Haut.) Oui, et vous arrivez de Bolivie.

VAREMBOURDE.
Comment savez-vous ça ?

LE MONSIEUR.
Je m'en aperçois.

VALEMBOURDE.
Ah ! à quoi ?

LE MONSIEUR.
A... à votre accent.

VAREMBOURDE.
J'ai donc l'accent bolivien... Alors, figurez-vous que j'ai fait au Vésinet une partie...

LE MONSIEUR.
Carrée...

VAREMBOURDE.
Je dirai même octogone !... Comment savez-vous ça ?

LE MONSIEUR.
J'en ai ouï parler.

VAREMBOURDE.
Ah !.... et savez-vous aussi que j'ai amené toutes ces demoi-selles aux bains de mer de Trouville ?

LE MONSIEUR.
Oui.

VAREMBOURDE.
Ah !

LE MONSIEUR.
Mais ça ne me regarde pas... Votre bain vous attend.

VAREMBOURDE. *
Qu'il attende... ce n'est pas Louis XIV, mon bain... Et en arrivant ici, savez-vous qui je rencontre ?

LE MONSIEUR.
Votre femme ?

VAREMBOURDE.
Non ! mon crampon... mademoiselle Salambo... La connais-sez-vous ?

LE MONSIEUR.
Eh ! non.

VAREMBOURDE.
Plantureuse, mais crampon. Du reste... agaçante... Ah ! si je n'avais pas peur de me compromettre... car entre nous, ces choses-là me font toujours un certain effet...

LE MONSIEUR.
Mais ça ne me fait rien, à moi.

____

* Le Monsieur, Varembourde.

VAREMBOURDE.

Parbleu, dans votre état, vous êtes cuirassé... Vous en
avez vu de toutes les couleurs, hein, mon gaillard?... Non, là,
vous devez faire de curieuses observations.

LE MONSIEUR.

J'observe pour la douzième fois que votre bain..... *

VAREMBOURDE.

A votre place, je n'hésiterais pas à publier mes Mémoires.

LE MONSIEUR.

Je n'ai pas le temps.

VAREMBOURDE.

Les *Mémoires d'un baigneur...* Quel succès !

Air *de Renaudin de Caen.*

C'est la mode, c'est le grand ton :
Chacun, sous forme de mémoires,
Conte ses petites histoires
Au public sans plus de façon.
Aux mémoires d'une danseuse,
Qui sont écrits au pied levé,
Succèdent ceux d'une chanteuse
Dont tout Paris aura rêvé.

Un dentiste offre en ce moment
Sa biographie en pâture;
Les mémoires d'un pédicure
Doivent paraître incessamment.
C'est un véritable délire.
Et sachant nos goûts routiniers,
Je crois qu'on finira par lire
Les mémoires des créanciers.

Pour les mémoires d'un baigneur
Le moment me parait propice,
Et sans être un grand aruspice
Je prédis qu'ils feront fureur.
Pour un baigneur point de mystère,
Point de de beautés incognito ;
De tous les secrets de la terre
Il ne reste plus rien dans l'eau.

Rien de faux, rien de maquillé
Pour ce vieux coquin de Neptune,
Et dans la baignoire commune
On n'entre qu'en déshabillé.

Varembourde, Le Monsieur.

Point de trompeuses crinolines,
Point de corsages simulés !
Trop séduisantes héroïnes
On saura ce que vous valez.

Dans ces instructives leçons,
La vérité prend sa revanche :
Si madame X... fait bien la planche
Elle a pour cela ses raisons.
Un personnage politique
Se dit : Entre ces deux eaux nageons ;
Un spéculateur plus pratique
S'exerce à faire des plongeons.

De ce nageur aventureux
Vous voyez la coupe facile ;
Si dans cet art il est habile,
C'est surtout au salon des jeux.
Ce gandin de douteuse mine,
Fashionable d'occasion,
Vers son élément s'achemine,
Et nage comme un vrai poisson.

Bref, dans ce piquant rendez-vous,
Maris trompés, femmes légères,
Gandins cherchant des héritières,
Et filles sans dot des époux ;
Monde bavard, monde futile,
Monde intrigant, monde menteur,
Tout y passe et pose à la file
Pour les mémoires d'un baigneur.

Car c'est la mode, c'est le ton :
Chacun, sous forme de mémoires,
Conte ses petites histoires
Au public, sans plus de façons

ENSEMBLE

Car c'est la mode, etc.

LE MONSIEUR.

Mais votre bain ?

VAREMBOURDE.

Eh ! qu'est-ce qu'un simple bain dans l'Océan, à côté de l'Océan d'impossibilités où je me trouve plongé ?.. Me voyez-vous à la tête d'une demi-douzaine de jeunes modistes, que j'ai habillées en... comment appelez-vous ça ?

LE MONSIEUR.

Cocottes.

VAREMBOURDE.

Soit, en cocottes, et dont je réponds à leurs familles... Vous

dites?.. c'est insensé.... Parbleu, je le sais bien, sans compter
mademoiselle Salambo.

LE MONSIEUR.

Oui, oui...

VAREMBOURDE.

Je vous la recommande... planiureuse, mais crampon... Ce
n'est pas tenable ; je ne puis plus faire un pas sans..... (Rires.)
Tenez, les entendez-vous, mes anges gardiennes... les voici...

LE MONSIEUR *.

Mais si vous alliez vous baigner?

VAREMBOURDE.

Plus tard... vous voyez bien que j'attends des visites.

SCÈNE II

LES MÊMES, FRÉDÉRIC, LA HOULETTE, BLONDINETTE,
NINI, ANITA, BAIGNEURS.

Pendant toute cette scène, des promeneurs vont et viennent. Les
femmes ont des costumes élégants de baigneuses.

ENSEMBLE.

Air : *Polka des sauvages.* (E. Lazard.)

C'est enivrant,
C'est ravissant.
Quoi de plus beau qué cette plage,
Où sans partage,
Pendant l'été,
Régnent la joie et la gaité !

BLONDINETTE **.

Salut à Varembourde !

VAREMBOURDE.

Salut à mes amours!

BLONDINETTE.

Dites donc, de Varembourde, venez donc que je vous fasse
faire une connaissance.

VAREMBOURDE.

Encore...

FRÉDÉRIC, s'avançant.

Ne craignez rien, ô Varembourde!

* Le Monsieur, Varembourde.
** Le Monsieur, Varembourde, Blondinette, Frédéric, La Houlette, Anita, Nini.

VAREMBOURDE *.
Tiens, c'est le poëte et le peintre.
FRÉDÉRIC.
A l'abri de la peinture et de la poésie...
VAREMBOURDE.
Tant pis pour les arts, messieurs.
LA HOULETTE.
Oui, grâce à un notaire bienfaisant, nous sommes à flot...
nous travaillons pour la gloire, et si vous voulez votre portrait,
je vous le ferai à l'œil.
VAREMBOURDE.
Merci, je ne suis pas ici pour m'amuser.
FRÉDÉRIC.
Et nous donc !
BLONDINETTE.
Comment ça?
FRÉDÉRIC.
Vous savez que j'aime Titine...
ANITA **.
Est-ce que ça s'avoue comme ça, l'amour?...
FRÉDÉRIC.
Il en est qu'on peut avouer, mademoiselle Anita... j'aime
Titine... Or, elle ne m'épousera que si je retrouve Chiffonnette.
LE MONSIEUR, effrayé, voulant remonter.
Diable !
VAREMBOURDE, le retenant.
Ne vous en allez pas, ça a l'air amusant.
FRÉDÉRIC.
Elle est entre les mains d'un monsieur après lequel nous
courons depuis le Vésinet.
LE MONSIEUR, même jeu.
M'aurait-il reconnu ?
VAREMBOURDE, le retenant.
Ne vous en allez donc pas, c'est vraiment intéressant.
LA HOULETTE.
Nous l'avons suivi jusqu'ici, lorsqu'au moment de le re-
joindre...
FRÉDÉRIC.
Il a disparu... Mais, si nous le repinçons, il passera un mau-
vais quart d'heure.

* Le Monsieur, Blondinette, Varembourde, Frédéric, La Hou-
lette, Anita, Nini.
** Le Monsieur, Varembourde, Anita, Frédéric, La Houlette,
Blondinette, Nini.

LE MONSIEUR, même jeu.

Les lâches!

VAREMBOURDE, le retenant*.

Mais ne vous en allez donc pas... Vous devez l'avoir vu, vous?

LE MONSIEUR.

Moi, est-ce que je le connais!...

FRÉDÉRIC.

Un vieux rabougri, très-laid...

LE MONSIEUR.

Mais...

LA HOULETTE **.

Avec des yeux de fouine et des jambes en bâtons de chaises.

LE MONSIEUR, voulant fuir.

J'ai une leçon de natation à donner.

VAREMBOURDE, le retenant.

Ne vous en allez donc pas...

FRÉDÉRIC.

Où peut-il être passé?

BLONDINETTE.

Il est peut-être à l'eau.

ANITA.

Varembourde, si vous alliez lui faire la chasse.

VAREMBOURDE***.

C'est-à-dire la pêche. (A part.) Oui, mais c'est que je pêche un peu par les nageoires.

TOUS.

Oui, oui, à l'eau, Varembourde !

VAREMBOURDE, au Monsieur.

Au fait, j'ai mon baigneur... Allons, viens me baigner.

FRÉDÉRIC.

Nous allons vous suivre des yeux et du cœur.

VAREMBOURDE.

Emporte-moi. (Bas.) Je te préviens que je ne sais pas nager.

LE MONSIEUR, à part.

Ni moi non plus.

* Varembourde, Le Monsieur, Frédéric, La Houlette, Blondinette, Anita, Nini.

** Varembourde, Le Monsieur, La Houlette, Frédéric, Blondinette, Anita, Nini.

*** La Houlette, Frédéric, Le Monsieur, Varembourde, Anita, Blondinette, Nini.

ENSEMBLE.

Air : *Voilà la chose.* (*Henrion.*)

Vite à l'eau.
Vite à l'eau,
Nous voulons en troupe;
Vite à l'eau,
Vite à l'eau,
Admirer ta coupe;
Vite à l'eau,
Vite à l'eau,
Et dans chaque groupe,
Vite à l'eau,
Nous crierons bravo !

FRÉDÉRIC.

C'est ravissant de voir la folle la vague
Vous caresser dans son cours éternel !

VAREMBOURDE.

Je trouve, moi, ce plaisir un peu... vague
Quoique après tout, il soit rempli de sel.

N'importe, emporte-moi..... Eh bien ! mais, emporte-moi donc... Tu ne veux pas... (Il prend le Monsieur dans ses bras et sort avec lui.)

REPRISE DE L'ENSEMBLE.

Sortie Générale.

SCÈNE III

GUSTAVE, puis ZIDORE *.

GUSTAVE, entre par la gauche, se dirige vers l'hôtel et frappe avec sa canne sur la table.

GUSTAVE.

Eh!... là!... quelqu'un !...

ZIDORE, en garçon de café.

Voilà ! voilà ! qu'est-ce qu'il vous faut servir à monsieur... groseille, limonade, bière...

GUSTAVE.

Ah c'est toi, drôle ?

ZIDORE.

Monsieur a quelque chose à porter.

GUSTAVE.

Veux-tu te taire !... Elle est bien ici, à l'hôtel ?

* Gustave, Zidore.

ZIDORE.

Qui ça ?

GUSTAVE.

La dame chez qui tu es allé rue de la Truelle.

ZIDORE.

Madame Domino, je crois bien, une fameuse cliente.

GUSTAVE.

Tu vas lui remettre cette lettre.

ZIDORE.

Est ce que c'est la même?

GUSTAVE.

Va donc... Enfin je la retrouve donc... elle ne me refu era pas le rendez-vous que je lui demande.

ZIDORE.

Un rendez-vous !

GUSTAVE.

Eh bien !

ZIDORE.

Voilà. (Criant.) Servez terrasse, un rendez-vous à l'as. (Il rentre dans l'hôtel.)

GUSTAVE.

Gamin ! (Il va s'asseoir à l'une des tables.)

SCÈNE IV

GUSTAVE, DOMINO, BLONDINETTE*.

DOMINO.

Heureuse rencontre !

BLONDINETTE.

Que me voulez-vous encore, je vous donne cinq minutes pour vous expliquer.

DOMINO.

J'ai à vous parler du petit appartement.

BLONDINETTE.

Oui, dans l'arbre... je n'en veux pas.

DOMINO.

Rappelez-vous qu'au Vésinet vous me trouviez blond.

BLONDINETTE**.

Vous, blond... ah ! ah ! ah !

DOMINO.

Ah bah ! Et-ce que décidément je ne serais plus blond.

---

* Blondinette, Domino, Gustave.
  Domino, Blondinette, Gustave.

5.

GUSTAVE, s'avançant.

Si mada.ne me trouvait de la couleur voulue.

BLONDINETTE *.

Vous?

DOMINO.

Ah! mais, pardon monsieur... tiens! vous voilà déjà revenu de Bolivie... vous avez fait un bon voyage ?

GUSTAVE.

La Bolivie!... vous avez donné là-dedans?

DOMINO.

En plein? (A part.) Que veut-il dire?

GUSTAVE.

C'était pour sauver les apparences.

DOMINO.

Ah! c'était pour...

GUSTAVE.

Sauver les apparences... vous comprenez?

DOMINO.

Pas du tout.

GUSTAVE.

Le mari n'a pas voulu faire d'esclandre.

DOMINO, riant.

Ah! il y a un mari... et il n'a pas voulu faire d'esclandre !...

GUSTAVE.

Il est si bête!

DOMINO, même jeu.

Il n'en manque pas, de ceux-là.

GUSTAVE.

Mais sa femme est charmante.

DOMINO, riant de plus en plus fort.

Sa femme est, charmante!... farceur!... Et comment se nomme cet imbécile-là?

GUSTAVE.

Ça vous amuserait de savoir son nom.

DOMINO, même jeu.

Certainement... le malheur des autres... vous comprenez... ah! ah! ah !

GUSTAVE.

Eh bien! il se nomme Domino.

DOMINO, éclatant de rire.

Ah! ah! ah !(S'arrètant tout à coup.) Comment, Domino?... En effet, c'était chez moi.

GUSTAVE.

Vous la trouvez bonne, hein !...

* Blondinette, Domino, Gustave.

DOMINO.

Non.

BLONDINETTE.

Moi, ça m'amuse toujours, ces bêtises-là.

DOMINO.

Ah! c'est ainsi!... eh bien! je veux savoir...

BLONDINETTE.

Vous n'en savez pas assez?... alors, venez, je vais vous raconter la suite...

DOMINO.

Je veux une explication...

BLONDINETTE.

Je vous expliquerai tout.

DOMINO, entraîné de force par Blondinette.

Nous nous reverrons monsieur.

GUSTAVE.

Avec plaisir... Qu'est-ce qui lui prend donc? (Il retourne vers l'hôtel.)

SCÈNE V

GUSTAVE, LE MONSIEUR.

LE MONSIEUR.

M'en voilà débarrassé... j'ai eu assez de peine... Un peu plus, il m'entraînait avec lui et me faisait prendre un bain... moi qui les ai en horreur... Il est en train de se noyer. (Allant à la cabine.) Voyons si Chiffonnette est toujours là.

GUSTAVE, qui était resté absorbé, se lève tout à coup.

Elle ne vient pas!

SCÈNE VI

LES MÊMES, SALAMBO*.

SALAMBO, sortant de l'hôtel en chantant.
C'est l'Espagne qui nous donne
Ces bons vins, ces belles fleurs.

GUSTAVE.

La jolie voix!

SALAMBO.

Vous n'êtes pas dégoûté. Tiens, c'est vous, monsieur... monsieur, comment vous appelle-t-on?

* Le Monsieur, Salambo, Gustave.

GUSTAVE,

Gustave.

SALAMBO.

Ah! ah! M. Gustave, l'homme aux lettres... j'ai deux mots à vous dire de la part de madame Domino.

GUSTAVE.

Pus bas!

LE MONSIEUR.

Madame Domino!... elle est ici?

SALAMBO.

Apparemment... Elle ne m'envoie pas du Mexique pour dire deux mots à monsieur.

LE MONSIEUR.

C'est que je voudrais la voir...

GUSTAVE.

Moi aussi.

SALAMBO.

Pour quel motif?

LE MONSIEUR.

Pour une affaire.

SALAMBO.

Et vous?

GUSTAVE.

J'ai à lui parler.

LE MONSIEUR.

Il s'agit d'une bête qu'elle aime.

GUSTAVE.

Oh! pas tant que je l'aime.

LE MONSIEUR.

Et après laquelle elle court.

GUSTAVE.

Tandis que moi je cours après elle.

LE MONSIEUR.

C'est très-pressé...

GUSTAVE.

Je sèche sur pied...

SALAMBO.

Ah! mais dites donc, dites donc, il faudrait s'en'endre. De qui parlez-vous?

LE MONSIEUR.

De la bête.

SALAMBO.

Et vous?

GUSTAVE.

De Corinne... de mon amour.

SALAMBO.

La bête... Corinne... son amour.

GUSTAVE.

Ah! ayez pitié de moi, si vous êtes femme.

SALAMBO.

Dites donc, vous !...

GUSTAVE.

Si vous saviez ce que c'est que d'aimer !

SALAMBO.

Aimer !... Ah ! tenez, vous me faites rire... Écoutez-moi, (retenant le Monsieur) vous aussi, vous n'êtes pas de trop.

Air : *Dis-moi Vénus* (La Belle Hélène.)

Devant mon amour, ma folie,
Il reste froid, calme et serein ;
C'est qu'il vient de la Bolivie
Où l'on a l'œil américain.
L'ingrat, sans relâche me lâche,
Et quand je courbe le genou,
Prête à livrer ma main sans tache,
Lui, prend ses jambes... à son cou (*bis*.)
Beau voyageur, quel plaisir trouves-tu
A faire ainsi galoper ma vertu ?

LE MONSIEUR.

Pauvre femme !

SALAMBO.

Merci, homme aquatique... Vous avez un cœur de mère...

GUSTAVE.

Pardon, mais vous aviez à me dire ?....

SALAMBO.

Oh ! oh ! .. quels rêves tu m'as fait faire. Varembourde ?

LE MONSIEUR.

Varembourde !

SALAMBO.

Vous le connaissez, vous l'avez vu... N'est-ce pas qu'il est beau ?... Où est-il ?

LE MONSIEUR.

A l'eau ! en train de se noyer.

SALAMBO.

De se noyer, je *vogue* à son secours, (Elle remonte vivement, escortée de chaque côté par les deux hommes.)

GUSTAVE.

Mademoiselle...

SALAMBO.

Arriverai-je à temps, mon Dieu! (Redescendant) Au fait, je ne
peux ras me jeter à l'eau comme ça; je vais me mettre à mon
aise *.

GUSTAVE, la suivant.

Mademoiselle, deux mots...

SALAMBO.

Ah! oui, j'oubliais!... voilà! Titine m'a dit de vous dire :
allez au diable!

GUSTAVE.

Comment!

SALAMBO.

Elle ne veut plus entendre parler de vous.

LE MONSIEUR.

Mais Chiffonnette?

SALAMBO.

Je vais lui annoncer que vous la possédez. O Varembourde, si tu dois périr, attends-moi!

ENSEMBLE.

Air : *de Flushia.*

SALAMBO.

Je vais revêtir mon costume,
Et puis d'un bond je cours
A son secours;
De l'Océan, fendant l'écume,
Je le ramènerai vivant
Et repentant.

LE MONSIEUR.

Courez, ici je me consume,
A votre bonté j'ai recours
Sans nuls détours,
En l'attendant j'ai pris un rhume,
Mais bah! j'oublierai, la voyant,
Tout mon tourment.

GUSTAVE.

Allez, car l'amour me consume
A votre bonté j'ai recours
Sans nuls détours,
C'est que ma passion s'allume
Aux feux de ce soleil brû'ant,
Resplendissant.

(Salambo entre dans l'hôtel. Gustave la suit.)

* Le Monsi   Gustave, Salambo.

SCÈNE VII

LE MONSIEUR puis SPARTACUS.

LE MONSIEUR.

Cette fois je crois que je tiens la récompense. (Il se dirige vers la cabine.)

SPARTACUS*.

Ah ça ! il n'y a donc pas de baigneur dans ces bains !... Ah ! je crois que voilà un de ces amphibies. (Il s'approche du Monsieur, et le ramène en scène.) Avance un peu à l'ordre, amphibie.

LE MONSIEUR.

Un militaire !... à mon rôle... Monsieur désire se baigner ?

SPARTACUS.

Pas personnellement... voilà ce que c'est... j'idolâtre une comtesse dont j'étais séparé par un train omnibus, entre Paris et Trouville.

LE MONSIEUR.

Oui, eh bien ?

SPARTACUS.

Eh bien !... qu'ai-je fait pour la rejoindre ?

LE MONSIEUR.

Vous avez pris le train ?

SPARTACUS.

Omnibus... oui, mais ce qui n'est pas omnibus, c'est que je me suis réengagé... j'ai touché la prime, et je viens la retrouville à trouver... non, la retrouver à Trouville.

LE MONSIEUR.

Et alors ?

SPARTACUS.

Allors, je suis millionnaire pour 48 heures, et je vais me payer un bûcher de voluptés, à l'instar de ce roi Sarde, connu sous le nom d'Anapale... Je veux la baigner.

LE MONSIEUR.

Comment ?

SPARTACUS.

C'est un truc que m'a indiqué le brigadier.

LE MONSIEUR.

Eh bien ! baignez-là !

SPARTACUS.

En gardant l'anonyme...

LE MONSIEUR.

Incognito.

---

* Le Monsieur, Spartacus.

SPARTACUS.

Tu l'as dit, incognito... Et pour cela, il me faut ton costume.

LE MONSIEUR, se défendant.

Je ne veux pas.

SPARTACUS, le saisissant.

Allons, obéis hiérarchiquement.

LE MONSIEUR*.

Oh! mais lâchez-moi, lâchez-moi !

SPARTACUS, lui arrachant sa barbe.

Qu'est-ce que c'est... que je cueille du gazon !... Mais je le reconnais, c'est le vieux du Luxembourg... Ah ! tu te déguises!

LE MONSIEUR.

Mais, vous-même ?

SPARTACUS.

Moi, j'avoue mes motifs... ils ne sont pas purs, mais je les avoue... tandis que toi... allons, ôte-moi tout ça, sinon...

LE MONSIEUR.

Pas ici, pas ici !

SPARTACUS.

Bah! entre hommes.

LE MONSIEUR.

Dans cette cabine, tenez.

SPARTACUS.

Allons! dépêche un peu. (Le monsieur entre dans la cabine et ferme la porte.) Je vais la baigner !... O Neptune, ouvre-moi les grottes les plus mystérieuses... fais que l'eau soit tiède!... Eh bien ! est-ce prêt ?

LE MONSIEUR, du dedans.

Il faut le temps, que diable !...

SPARTACUS.

Voici du monde, ça y est-il. (Il entre dans la cabine et en jette à la porte le monsieur qui est en caleçon et en chemise.) Allons, file... 'e ne veux pas qu'on me reconnaisse.

LE MONSIEUR.

Vous allez me faire enrhumer... Mes habits ?

SPARTACUS.

Attends, attends. (Par la lucarne.) Tiens, les voilà... attrape... encore... encore... Fichtre, comme tu es couvert ! tiens... il n'y en a plus. (Il lui jette une foule de vêtements.)

LE MONSIEUR.

Tout ça n'est pas à moi... diable ! les jeunes gens qui me cherchent. Ah! ma foi... je me débrouillerai plus loin. (Il ramasse les vêtements et sort en courant.)

* Spartacus, Le Monsieur.

SCÈNE VIII

SPARTACUS, FRÉDÉRIC, LA HOULETTE.

FRÉDÉRIC, cherchant.

Le vois-tu?

LA HOULETTE, même jeu.

Non, et toi?

FRÉDÉRIC.

Non.

LA HOULETTE.

Ce n'est pas lui.

FRÉDÉRIC.

Mon cher, ce baigneur a une allure équivoque; ce pourrait
bien être notre homme.

LA HOULETTE, allant à la cabine.

Là-dedans...

FRÉDÉRIC, frappant.

Holà !

SPARTACUS.

Il y a du monde.

FRÉDÉRIC.

Ouvrez !

SPARTACUS, passant la tête à la lucarne.

Que décemment c'est impossible... je change superficielle-
ment de culotte.

LA HOULETTE.

Vous n'auriez pas vu un baigneur?

SPARTACUS.

Il n'en existe aucun dedans l'intérieur de cette boîte...
Aïe ! aïe !...

FRÉDÉRIC.

Quoi donc?

SPARTACUS.

Je suis mordu?... qu'est-ce que c'est que ça?

LA HOULETTE.

Un requin qu'on aura oublié de sortir ce matin !...

SPARTACUS.

Je crois que c'est de la race des caniches. (Il passe le chien
par la lucarne.)

FRÉDÉRIC.

Un chien.

* Spartacus, La Houlette, Frédéric.

LA HOULETTE*.

Ciel ! vois-donc.

FRÉDÉRIC.

Eh bien ?

LA HOULETTE.

C'est cela.

SPARTACUS.

Est-ce que vous connaissez l'aveugle qui l'a perdu?

FRÉDÉRIC.

Oui, nous connaissons le propriétaire.

SPARTACUS.

Portez-lui la chose, à cet homme.

FRÉDÉRIC.

Qui que vous soyez, dans votre boîte, merci... votre main.

SPARTACUS, passant le bras.

Voici !

FRÉDÉRIC, lui serrant la main.

Merci.

SPARTACUS.

Eh ! pas si fort.

LA HOULETTE **.

L'autre.

SPARTACUS, passant l'autre bras.

Voilà.

LA HOULETTE, lui serrant la main.

O merci...

FRÉDÉRIC.

Viens vite... O Titine, tu es à moi ! (Il sortent en emportant l'animal.)

SCÈNE IX

SPARTACUS dans la cabine, VAREMBOURDE, ANITA, NINI,
BLONDINETTE, BAIGNEURS et BAIGNEUSES***.

CHOEUR.

Air : *Le roi barbu.* (Belle Hélène.)

Il a bu, bu, le pauvre homme,
Un bouillon amer.

VAREMBOURDE.

Dans ces eaux, eaux qu'on renomme,
On devrait, c'est clair,

---

* Spartacus, Frédéric, La Houlette.
** Spartacus, La Houlette, Frédéric.
*** Spartacus, Nini, Anita, Varembourde, Blondinette.

Pour les habitués en somme
Dessaler la mer.

REPRISE EN CHOEUR.

Il a bu, bu, le pauvre homme,
Un bouillon amer.

VAREMBOURDE.

Ce n'est rien ! mes enfants... c'est égal, si je retrouve ce coquin de baigneur.

BLONDINETTE.

Où est-il donc passé ?

SPARTACUS, passant la tête à la lucarne.

On cherche un baigneur ?

BLONDINETTE.

Tiens, le voilà !

ANITA.

Il se cache, le lâche !

VAREMBOURDE.

Ah ! ah ! sors donc un peu... sors donc un peu... Tu as peur, maintenant !

SPARTACUS, sortant en costume de baigneur*.

Peur ! allons donc !... que le courage il est avec le culte du beau sexe, le plus bel ornement du cara... fichtre !

ANITA.

Du car... quoi ?

SPARTACUS.

Du carquois ?

TOUS.

Oui, quoi ?

SPARTACUS.

Du... quartier !

BLONDINETTE.

Voyons, pourquoi avez-vous voulu le noyer, expliquez-vous ?

VAREMBOUDE.

Oui, explique-toi... et tâche de trouver de bonnes raisons.

SPARTACUS.

J'ai donc voulu le noyer ?

VAREMBOURDE.

Dame ! quand on prend un homme par les pieds, et qu'on lui fait faire l'exercice de la pompe foulante....

BLONDINETTE.

Ce n'est pas naturel...

* Nini, Anita, Spartacus, Varembourde, Blondinette.

SPARTACUS, à part..

Je comprends, c'est l'autre... Dissimulons. (Haut.) Que voulez-vous, je perds la tête... c'est l'amour.

VAREMBOURDE.

L'amour !

SPARTACUS.

Hélas ! oui... ça tient de famille... tous mes aïeux ont été
victimes de l'amour...

BLONDINETTE.

Oh ! ses aïeux !

TOUS.

Ses aïeux !

VAREMBOURDE.

Ils étaient donc baigneurs, tes aïeux ?

SPARTACUS.

De père en fils.

VAREMBOURDE.

Où ça ?

SPARTACUS.

Aux bains Vigier.

VAREMBOURDE.

Allons, je te pardonne... mais la prochaine fois je t'en ferai
autant.

SPARTACUS.

Sauvé !... merci Neptune !...

VAREMBOURDE.

Mes petites chattes, je vais passer quelques vêtements... A
tout à l'heure.

BLONDINETTE.

A tout à l'heure...

ENSEMBLE.

Air : *de la Grâce de Dieu.*

A cela chacune adhère,
Allons fluter un madère...
Au revoir donc, cher ami
Nous te rejoindrons ici.

(Elles sortent ; Varembourde entre dans la cabine.)

SCÈNE X

VAREMBOURDE, dans la cabine, SPARTACUS, CORINNE *. .

CORINNE, sortant de l'hôtel.
Salambo m'a parlé d'un baigneur qui dit avoir Chiffonnette...
où est-il?

SPARTACUS.
C'est elle... tais-toi, mon cœur!

CORINNE.
Ah! c'est vous qui l'avez?

SPARTACUS.
Je ne lave pas... je baigne équilatéralement.

CORINNE.
Pas de plaisanterie, n'est-ce pas?... j'ai la migraine.

SPARTACUS.
Plaisanter avec une passion si longuement nourrie... allons
donc!... au contraire, madame... plus je vais, plus je la nour-
ris.

CORINNE.
Oui, je comprends... elle vous est à charge.

SPARTACUS.
A charge!... elle me coûte cher, c'est vrai; mais qu'importe, si elle doit être payée...

CORINNE **.
C'est convenu... vous aurez ce qui est annoncé.

SPARTACUS.
C'est annoncé?

CORINNE.
Mais oui, dans les journaux.

SPARTACUS.
J'aurais préféré un peu plus de mystère.

CORINNE.
Il y a aussi des affiches.

SPARTACUS.
Ah! il y a aussi... vous n'en auriez pas une sur vous?

CORINNE.
Non, pourquoi faire?

SPARTACUS.
Pour savoir comment vous avez arrangé ça.

CORINNE.
C'est bien simple... Dès que j'aurai l'animal.....

* Spartacus, Corinne.
** Corinne, Spartacus.

SPARTACUS.

L'animal... de qui parle-t-elle?...

CORINNE *.

J'accorderai la récompense... elle en vaut la peine.

SPARTACUS.

Je crois fich:re bien, qu'elle en vaut la peine... mais c'est l'heure de votre bain...

CORINNE.

Qui vous parle de bain ?

SPARTACUS.

Le médecin ordonne de les prendre à heure fixe... venez...

CORI NE.

Laissez-moi donc.

SPARTACUS.

Ne craignez rien... je nage comme une oie... non... comme un canard. (Il veut prendre Corinne dans ses bras.)

CORINNE **.

Insolent! (Elle lui donne un soufflet.)

VAREMBOURDE, paraissant en peignoir sur la porte de la cabine ***.

Pas de chance !

SPARTACUS, se tenant la joue.

Oh ! la ! la !

VAREMBOURDE.

Madame Domino!... chère madame... vous m'excuserez... je suis peut-être un peu en négligé... je ne m'attendais pas au plaisir...

CORINNE.

Ah! monsieur, défendez-moi... ce baigneur est d'une audace.

VAREMBOURDE.

Ne faites pas attention : c'est dans le sang... ça lui vient de ses pères... mais ça ne dure pas.

SPARTACUS, à part.

Diaphane, mais du nerf... je la préférerais décidément plus opaque.

SCÈNE XI

LES MÊMES, SALAMBO.

SALAMBO **** sortant de l'hôtel en costume de bain.

Attends-moi, Varembourde, attends-moi, je vais périr avec toi ou te sauver.

* Spartacus, Corinne,
** Corinne, Spartacus.
*** Corinne, Varambourde, Spartacus.
**** Corinne, Varembourde, Salambo, Spartacus.

VAREMBOURDE.

Mon crampon... chère Salambo !

SALAMBO !

Ah ! c'est lui !... tu as couru un grand danger, n'est-ce pas ?.....

VAREMBOURDE.

Dix litres à la minute... rien que ça.

SALAMBO.

Tu n'as pas de mal ?

VAREMBOURDE.

Non, merci, pas de mal, et vous ?...

SALAMBO.

Oh ! tant pis, c'est que je t'aurais sauvé !

VAREMBOURDE.

Oh ! ça !...

SALAMBO.

Tu en doutes, veux-tu recommencer ?

VAREMBOURDE.

Merci, dix litres à la minute... j'aime mieux aller mettre un peu de linge. (Il se dirige vers la cabine.)

SALAMBO.

Ah ! tiens, tu ne me comprendras jamais... Je vais me jeter à l'eau.

VAREMBOURDE.

Pas de coup de tête... baigneur, veillez sur elle.

SPARTACUS *.

Comme sur une sœur... puisque l'autre ne veut pas. (Il lui prend la taille.)

SALAMBO.

A distance, baigneur.

SPARTACUS.

Repoussé partout, oh ! quelle humiliation !... allons, à bas les masques ! (Il enlève sa fausse barbe.)

SALAMBO.

Le cousin !

CORINNE.

Le carabinier !

SALAMBO.

C'est qu'il est très bien... Ah ! tu me repousses, Varembourde... Dites-donc, carabinier, êtes-vous marié ?

SPARTACUS.

Non... mais j'y songe.

SALAMBO, à part.

Il y songe !...

* Salambo, Spartacus, Corinne.

SCÈNE XII

LES MÊMES, LE MONSIEUR, ZIDORE, BLONDINETTE, ANITA,
NINI, BAIGNEURS, BAIGNEUSES.

ZIDORE, dans la coulisse.*
Arrêtez-le!

LE MONSIEUR, entrant.
Il ne se taira donc pas, ce gamin.

ZIDORE, le poursuivant.
Arrêtez-le !

CORINNE.
Qu'est-ce que c'est ?

ZIDORE.
C'est lui qui nous à pris votre chienne.

CORINNE.
Vous l'avez trouvée, où est-elle?

LE MONSIEUR, allant à la cabine.
Elle est là.

CORINNE.
Enfin !

LE MONSIEUR, frappant.
Ouvrez!

VAREMBOURDE.
Je ne peux pas, je ne trouve pas ma... culotte.

TOUS.
Ouvrez! Ouvrez!

VAREMBOURDE.
Tout à l'heure...

SCÈNE VIII

LES MÊMES, DOMINO, GUSTAVE**.

DOMINO, entrant en tenant Gustave par le collet.
Le voilà, le suborneur... m'expliquerez-vous?

BLONDINETTE, riant.
Taisez-vous donc, le mari est là-bas dans la boîte.

---

* Salambo, Le Monsieur, Zidore, Corinne, Spartacus, Blondinette,
Nini.

** Le Monsieur, Corinne, Spartacus, Salambo, Domino, Blondinette, Gustave.

DOMINO.

Quelle boîte... Ah! ma femme!... Enfin, madame, m'expliquerez-vous.....

SALAMBO.

Taisez-vous donc, devant son cousin...

DOMINO *.

Le cousin en baigneur!... Ah! ça m'expliquerez-vous.....

SPARTACUS.

Taisez-vous donc, c'est le truc du brigadier.

DOMINO.

Mais ce changement de costume?... M'expliquerez-vous...

SALAMBO.

Il a fait comme moi... il a permuté, voilà tout.

DOMINO.

Permuté... permuté... mais avec qui?

SPARTACUS.

Avec qui... avec qui...

VAREMBOURDE, sortant en carabinier de la cabine.

Avec moi **!

TOUS.

Un carabinier !

SPARTACUS, bas à Varembourde.

Merci, mais vous me rendrez mon uniforme...

VAREMBOURDE.

Avec plaisir, je manque de vocation... J'avouerai même
que ça me gêne, les attributs de la guerre..

SPARTACUS.

C'est que c'est un peu nouveau pour vous.

VAREMBOURDE.

Non, c'est un peu large, voilà tout.

LE MONSIEUR, sortant de la cabine ***.

Ah! Ah!

TOUS.

Quoi ?

LE MONSIEUR..

Disparue, enlevée!

CORINNE.

Chiffonnette !

Le Monsieur, Corinne, Spartacus, Domino, Salambo, Blondinette, Gustave.

* Domino, Corinne, Varembourde, Spartacus, Blondinette, Gustave.

*** Domino, Le Monsieur, Corinne, Varembourde, Spartacus, B'on-
dinette, Gustave.

LE MONSIEUR.

On me l'a prise.

CORINNE.

Allons! décidément, elle est bien perdue.

SCÈNE XIV

LES MÊMES, FRÉDÉRIC, TITINE, LA HOULETTE *.

FRÉDÉRIC.

Non, madame, quelqu'un peut vous la rendre.

CORINNE.

Qui donc?

FRÉDÉRIC.

Une personne à qui Chiffonnette à fait perdre juste autant qu'elle vous a rapporté... Voyez.

CORINNE.

C'est vrai, madame, elle m'a privée d'un héritage que je n'aurais jamais regretté, s'il n'était aujourd'hui un obstacle à des projets auxquels je renonce en vous la rendant.

CORINNE.

Elle! c'est bien elle!

VAREMBOURDE.

C'est touchant? Figurez-vous qu'ils s'aiment... vous savez ce que c'est...

CORINNE.

Silence...

VALEMBOURDE.

Salomon vous aurait conseillé de couper Chiffonnette en deux... moi je crois qu'il serait plus dans nos mœurs de couper l'héritage par moitié... Y consentez-vous?

CORINNE.

Oh! de grand cœur.

VAREMBOURDE, à Domino.

Et vous?

DOMINO.

Moi aussi... mais m'expliquerez-vous pourquoi Monsieur là-bas... (Il indique Gustave.)

VAREMBOURDE.

C'est ben simple... vous faisiez la roue autour de sa... alors, pour se venger, il l'a faite autour de votre...

* Domino, Le Monsieur, Varembourde, Spartacus, Corinne, La Houlette, Titine Frédéric, Salambo, Blondinette, Gustave.

DOMINO.

Ah ! c'est donc sa...

VAREMBOURDE.

Si ce n'avait pas été sa... est-ce qu'il aurait songé à votre...

DOMINO *.

C'est trop juste... Pardonne-moi, ma chérie.

CORINNE.

Tenez, je suis trop bonne.

SPARTACUS.

Une réconciliation, ça me décide... Salambo, je vous offre ma main.

SALAMBO **.

Enfin !... A quand la noce.

SPARTACUS.

A la fin de mon congé... dans sept ans... Tu m'attendras ?

SALAMBO.

Sept ans, faudra voir !...

BLONDINETTE.

Dites donc, Varembourde, vous nous remmenez à Paris.

VAREMBOURDE.

Vous vous remmènerez bien toutes seules... j'ai déjà assez de peine à me rentrer chez moi ; mais cette fois j'espère qu'après tant de pérégrinations... je vais enfin te revoir, ô Villette !

Air : *De la ronde des Amours d'Été.* ***

J'ai vu plus d'une forêt vierge,
Et j'ai goûté plus d'un plaisir...
A présent revoir ma concierge
Et la Villette, et puis mourir !...

SALAMBO, au public.

L'été finit, le froid s'avance,
Et nous tremblons, en vérité !
Puisse, messieurs, votre indulgence
Prolonger nos *Amours d'été.*

* Le Monsieur, Domino, Varembourde, Corinne, La Houlette, Titine, Frédéric, Spartacus, Salambo.
** Le Monsieur, Salambo, Domino, Corinne, La Houlette, Titine, Frédéric, Blondinette, Gustave.
*** Le Monsieur, Domino, Corinne, Varembourde, La Houlette, Titine, Frédéric.

ENSEMBLE.

C'est l'ivresse et c'est la gaîté,
Qu'à grands flots le soleil nous jette !
Chantons amis, chantons la fête
Des amours d'été !

FIN DU QUATRIÈME ET DERNIER ACTE.

En vente à la **Librairie E. DENTU**, Palais-Royal.

BIBLIOTHÈQUE DU THÉATRE MODERNE

Format grand in-18 jésus sur velin glacé.

	fr.	c.
ADIEU PASTERS! comédie en 1 acte, par M. Alph. De Launay. .	1	»
CELIMARE LE BIEN-AIMÉ, comédie en 3 actes, par MM. Labiche et Delacour.	2	»
CORNEILLE A LA BUTTE SAINT-ROCH, comédie en 1 acte, en vers, par Ed. Fournier.	1	»
DANS MES MEUBLES, vaudeville en 1 acte, par M. J. Prével.	1	»
EH! ALLEZ DONC TURLURETTE! revue de l'année 1862, mêlée de couplets, en 3 actes et 7 tableaux, par MM. Th. Cogniard et Clairville	1	50
EH! LAMBERT! à-propos vaudeville, par MM. Clairville et J. Moineaux.	1	»
EN BALLON, revue en 3 actes et 14 tableaux, par MM. Clairville et J. Dornay, in-4° avec vignette.	»	50
J'VEUX MA FEMME, vaudeville en 1 acte, par M. J.-J. Montjoye.	1	»
LACHEZ TOUT! revue en 3 actes et 15 tableaux, par MM. E. Blum et A. Flan, in 4° avec vignette.	»	50
L'AUTEUR DE LA PIÈCE, comédie-vaudeville en 1 acte, par MM. Varin et Michel Delaporte.	1	»
L'AMOUR QUI DORT, comédie en 1 acte, par M. Pagésis. . .	1	»
L'AVOCAT DES DAMES, comédie-vaudeville en 1 acte, par MM. Hipp. Rimbaud et Raimond Deslandes.	1	»
LA CAGNOTTE, vaudeville en 5 actes, par Eugène Labiche et A. Delacour.	2	

fr. c.

La Cornette Jaune, vaudeville en 1 acte, par MM. Carmouche et ***. . . . . 1 »

La Chanson de la Marguerite, ou Un peu, beaucoup, passionnément, vaudeville en 2 actes et quatre tableaux, par MM. A. Delacour et Henri Thiéry. . . . . 1 »

La Chercheuse d'Esprit, opéra-comique en 1 acte, par Favart, remanié par Charles Hérold, musique arrangée par M. Pilvestre. . . . . 1 »

La Commode de Victorine, comédie-vaudeville en 1 acte, par MM. Eugène Labiche et Edouard Martin. . . . . 1 »

La comtesse Mimi, comédie en 3 actes, par MM. Varin et Michel Delaporte. . . . . 2 »

La dame au Petit Chien, comédie-vaudeville en 1 acte, par MM. Labiche et Dumoutier. . . . . , . . 1 »

La dernière Grisette, vaudeville en 1 acte, par M. Albert Wolff. . . . . . . , ... 1 »

Le Doyen de Saint-Patrick, drame en 5 actes, par MM. de Wailly et Louis Ulbach. . . . . 2 »

La Fanfare de Saint-Cloud, opérette en 1 acte, par M. Siraudin, musique de M. Hervé. . . . . 1 »

La Fiancée du roi de Garbe, opéra-comique en 3 actes, par MM. Scribe et de Saint-Georges, musique de M. Auber . 1 »

La Fille bien Gardée, comédie-vaudeville en 1 acte, par MM. E. Labiche et Marc Michel, 2e édition. . . . . 1 »

La Fille de Molière, comédie en 1 acte, en vers, par M. Edouard Fournier. . . . . 1 »

La Fleur du Val-Suzon, opéra-comique en 1 acte, par M. Turpin de Sansay, musique de M. Douay. . . . . 1 »

La Femme coupable, drame en 5 actes, par M. Eugène Nus. 2 »

La Jeunesse de Mirabeau, pièce en 4 actes, par MM. Aylic Langlé et Raimond Deslandes . . . . 2 »

La Liberté des Théatres, salmigondis mêlé de chant, en 3 actes et 14 tableaux, par MM. Cogniard et Clairville. . 1 50

La loge d'Opéra, comédie en 1 acte, par M. Jules Lecomte. 1 »

La malle de Lise, scène de la vie de garçon, par M. Edouard Brisebarre. . . . . 1 »

fr. c.

La Revue au cinquième Étage, à-propos en 3 tableaux, par
MM. Clairville, Siraudin et Blum. . . . . 1 »

La Servante-Maitresse, opéra-comique en 2 actes, paroles
de Baurans, musique de Pergolèse . . . . 1 »

La Vieillesse de Brididi, vaudeville en 1 acte, par
MM. Adolphe Choler et H. Rochefort. . . . .   »

Léonard, drame en 5 actes et 7 tableaux, de MM. Edouard
Brisebarre et Eugène Nus. . . . . 2 »

Les Balayeuses, comédie en 1 acte mêlée de chant, par
M. Marc Michel. . . . . 1 »

Les Bienfaits de Champavert, comédie-vaudeville en 1 acte,
par M. Henry Rochefort . . . . 1 »

Le Bouchon de Carafe, vaudeville en 1 acte, par MM. Du-
pin et Eugène Grangé . . . . 1 »

Les Calicots, vaudeville en 3 actes, par MM. Henry Thiery
et Paul Avenel . . . . « 50

Le dernier Couplet, comédie en 1 acte, par M. Albert
Wolff. 1 »

Les Ficelles de Montempoivre, vaudeville en 3 actes, par
MM. Varin et Michel Delaporte. . . . . 2 »

Les Finesses de Bouchavanes, comédie en 1 acte, mêlée de
couplets, par MM. Marc Michel et Ad. Choler. . . . . 1 »

L'Homme entre deux ages, opérette en 1 acte, par M. Emile
Abraham, musique de M. Henry Cartier . . . . . . 1 »

L'Hotesse de Virgile, comédie en 1 acte et en vers, par Ed.
Fournier, jolie impression de Perrin, de Lyon, 1 vol. grand
in-18 . . . . 2 »

Les Illusions de l'Amour, comédie en 1 acte et en vers, par
M. Ernest Serret. . . . . , . . . 1 »

Les Mémoires d'une Femme de Chambre, vaudeville en 2 actes,
par MM. Clairville, Siraudin et Ernest Blum. . . . . 1 »

Les Mères terribles, scènes de la vie bourgeoise, 1 acte, par
MM. Alfred Chiror et Henri Duru . . . . 1 »

Les Mousquetaires du Carnaval, folie-vaudeville en 3 actes,
par MM. Grangé et Lambert Thiboust. 1 50

Les 37 sous de M. Mautaudouin, comédie-vaudeville en 1
acte, par MM. Labiche et Ed. Martin . . . . 1 »

fr. c.

Le Mariage de Vadé, comédie en 3 actes et en vers, précédé d'un prologue, par MM. Amédée Rolland et Jean Du Boys. 2 »

Le Minotaure, vaudeville en 1 acte, par MM. Clairville et A. de Jallais. . . . . 1 »

Les Médecins, pièce en 5 actes, par MM. Edouard Brisebarre et Eugène Nus . . . . 2 »

L'ouvrière de Londres, drame en 5 actes, par M. Hippolyte Hostein . . . . 2 »

Le Paradis trouvé, comédie en 1 acte, en vers, par M. Edouard Fournier . . . . 1 »

Les Pantins Éternels, pièce en 3 actes et 6 tableaux, par MM. Clairville et Jules Dornay 1 50

Le Pavillon des Amours, comédie-vaudeville en 1 acte, par MM. Paul Mercier et Henri Vernier. . . . . . . 1 »

Le Pifferaro, comédie-vaudeville, par MM. Siraudin, Alfred Duru et Henri Chivot. . . . . 1 »

Le Pilotin du grand Trois-Ponts, opéra-comique en 1 acte, paroles de M. Charles Étienne, musique de M. Auguste l'Éveillé. . . . . 1 »

Les Projets de ma Tante, comédie en 1 acte et en prose, par M. Henry Nicolle . . . . 1 »

Les petits Oiseaux, comédie en 3 actes, par MM. Eugène Labiche et De'acour, joli vol. grand in-18. . . . . . . 2 »

Le premier Pas, comédie en 1 acte, par MM. Labiche et Delacour. . . . . 1 »

Les Plumes de Paon, comédie en 4 actes, par M. Louis Leroy. 2 »

Le Propriétaire a la Porte, vaudeville en 1 acte, par M. Siraudin . . . . 1 »

Les Plantes parasites ou La vie en famille, comédie en 4 actes, par M. Arthur de Beauplan . . . . 2 »

Le Point de Mire, comédie en 4 actes, par MM. Labiche et et Delacour . . . . 2 »

Les Relais, comédie en 4 actes et en prose, par M. Louis Leroy. 2 »

Les Secrets du grand Albert, comédie en 2 actes, mêlée de couplets, par MM. Eugène Grangé et H. Rochefort. . 1 »

Les Scrupules de Jolivet, vaudeville en 1 acte, par M. Raimond Deslandes. . . . . 1 »

fr. c.

Les Truffes, comédie en 1 acte, par MM. Ed. Martin et Ed. Meunier . . . . 1 »

Les Voisins Vacossard, comédie-vaudeville en 1 acte, par M. Marc Michel. . . . . 1 »

Le vrai Courage, comédie en 2 actes, par MM. Adolphe Belot et Raoul Bravard. . . . . 1 »

Le zouave de la Garde, drame en 5 actes et 7 tableaux, par MM. E. Moreau et J. Dornay, in-4° avec vignette. . . 0 50

Macbeth (de Shakspeare), drame en 5 actes, en vers, par M. Jules Lacroix, 2e édition. . . . . 2 »

Misanthropie et repentir, drame par Kotzebue, traduction nouvelle, en 4 actes, en prose, par M. Alphonse Pagès. . 1 50

Mon-Joie fait peur, parodie de famille en 1 acte, par MM. Siraudin et Ernest Blum. . . . . 1 »

Moi, comédie en 3 actes, par MM. Eug. Labiche et Éd. Martin. 2 »

Monsieur de la Raclée, scènes de la vie bourgeoise, par MM. Edouard Brisebarre et Eugène Nus . . . . . . 1 »

Nos Alliées, comédie en 3 actes, par M. Pol Moreau. . 2 »

Nos petites Faiblesses, vaudeville en 2 actes, par MM. Clairville, Henri Rochefort et Octave Gastineau. . . . . . 1 »

Pataud, vaudeville en 1 acte, par M. Paulin Deslandes. . 1 »

Permettez, Madame! comédie en 1 acte, par MM. E. Labiche et Delacour. . . . . 1 »

Procédure et Cavalerie, vaudeville en 1 acte, par M. Henri Chivot et Alfred Duru . . . . 1 »

Sous les Toits, vaudeville en 1 acte, par M. Jules Prével. 1 »

Trois Chapeaux de Femme, comédie-vaudeville en 1 acte, par MM. Lafargue Siraudin. . . . . 1 »

Trois Hommes a Jupons ou l'amour et la Teinture, vaudeville en 1 acte, par M. Carmouche. . . . . 1 »

Un Avoca du beau sexe, comédie-vaudeville en 1 acte, par MM. Siraudin et Chuer . . . . 1 »

Un Bal d'alsaciennes, mascarade en 1 acte, par MM. Siraudin et Ernest Blum. . . . . 1 »

Une Femme qui bat son Gendre, comédie-vaudeville en 1 acte, par MM. Varin et Michel Delaporte. . . . . 1 »

fr. c.

Une Femme, un Melon et un Horloger ! vaudeville en 1 acte, par MM. Varin et Michel Delaporte. 1

Un Homme de rien, comédie en 4 actes, par M. Aylic Langlé. 2 »

Un Homme du Sud, à-propos burlesque, mêlé de couplets, par MM. Henry Rochefort et Albert Wolff. . . . . 1 »

Un Monsieur qui a perdu son mot, comédie-vaudeville en 1 acte, par M. Jules Renard. . . . . 1 »

Une Niche de l'Amour, comédie-vaudeville en 1 acte par M. Victor Koning. . . . . 1 »

Une Semaine a Londres, voyage d'agrément et de luxe, folie vaudeville en 3 actes et onze tableaux, par MM. Clairville et Jules Cordier. 1 50

Un Tailleur pour Dames, comédie, par M. J. Renard . . 1 »

Un Ténor pour tout faire ! opérette en 1 acte, par MM. Warin et Michel Delaporte, musique de M. Victor Robillard. 1 ,

Zémire et Azor, opéra-comique en 4 actes, par M. Marmontel, musique de Grétry . . . . 1 »

Coulommiers. — Typ. de A. Moussin et Charles Unsinger.

BIBLIOTHÈQUE DU THÉATRE MODERNE

EN VENTE CHEZ DENTU, ÉDITEUR :

F. C.

ADIEU PANIERS! comédie en 1 acte, par M. Alphonse de Launay...... 1 »

CÉLIMARE LE BIEN-AIMÉ, comédie en 3 actes, par MM. Labiche et Delacour................ 2 »

LA CAGNOTTE, vaudeville en 5 actes, par MM. Eugène Labiche et A. Delacour................ 2 »

LA COMMODE DE VICTORINE, comédie-vaudeville en 1 acte, par MM. Eugène Labiche et Edouard Martin.. 1 »

LA COMTESSE MIMI, comédie en 3 actes, par MM. Varin et Michel Delaporte. 2 »

LA DAME AU PETIT CHIEN, comédie-vaudeville en 1 acte, par MM. Labiche et Dumoutier.............. 1 »

LA FIANCÉE DU ROI DE GARBE, opéra-comique en 3 actes, par MM. Scribe et de Saint-Georges, musique de M. Auber.................... 1 »

LA FILLE DE MOLIÈRE, comédie en 1 acte, en vers, par M. Edouard Fournier..................... 1 »

LA JEUNESSE DE MIRABEAU, pièce en 4 actes, par MM. Aylic Langlé et Hannon Deslandes............. 2 »

LA LIBERTÉ DES THÉATRES, salmigondis mêlé de chant, en 3 actes et 14 tableaux, par MM. Cogniard et Clairville.................... 1 50

LA LOGE D'OPÉRA, comédie en 1 acte, par M. Jules Lecomte........... 1 »

LA VIEILLESSE DE BRIDIDI, vaudeville en 1 acte, par MM. Adolphe Choler et H. Rochefort............... 1 »

LÉONARD, drame en 5 actes et 7 tableaux, de MM. Ed. Brisebarre et Eug. Nus..................... 2 »

LES CALICOTS, vaudeville en 3 actes, par MM. Henry Thiéry et Paul Avenel................... » 50

LES FICELLES DE MONTEMPOIVRE, vaudeville en 3 actes, par MM. Varin et Michel Delaporte............ ... 2 »

LES ILLUSIONS DE L'AMOUR, comédie en un acte et en vers, par M. Ernest Serret..................... 1 »

LES MÉMOIRES D'UNE FEMME DE CHAMBRE, vaudeville en 2 actes, par MM. Clairville, Siraudin et Ernest Blum.... 1 »

LES 37 SOUS DE M. MONTAUDOIN, comédie-vaudeville en 1 acte de MM. Labiche et Ed. Martin....... ... 1 »

LE MARIAGE DE VADÉ, comédie en 3 actes et en vers, précédé d'un prologue, par MM. Amédée Rolland et Jean Du Boys................... 2 »

LES MÉDECINS, pièce en 5 actes, par MM. Edouard Brisebarre et Eugène Nus...................... 2 »

L'OUVRIÈRE DE LONDRES, drame en 5 actes, par M. Hippolyte Hostein.. 2 »

LE PIFFERARO, comédie-vaudeville, par MM. Siraudin, Alfred Duru et Henri Chivot.................. 1 »

LES PETITS OISEAUX, comédie en 3 actes, par MM. Eugène Labiche et Delacour, joli vol. grand in-18... 2 »

LE PREMIER PAS, comédie en 1 acte, par MM. Labiche et Delacour..... 1 »

LES PLUMES DE PAON, comédie en 4 actes, par M. Louis Leroy........ 2 »

LE PROPRIÉTAIRE A LA PORTE, vaudeville en 1 acte, par M. Siraudin... 1 »

LES RELAIS, comédie en 4 actes et en prose, par M. Louis Leroy........ 2 »

LE VRAI COURAGE, comédie en 2 actes, par MM. Adolphe Belot et Raoul Bravard .... 1 »

LES TRUFFES, comédie en 1 acte, par MM. Ed. Martin et Ed. Monnier... 1 »

LE POINT DE MIRE, comédie en 4 actes, par MM. Labiche et Delacour..... 2 »

LES MÈRES TERRIBLES, scènes de la vie bourgeoise, 1 acte, par MM. Henri Chivot et Alfred Duru............ 1 »

MACBETH (de Shakspeare), drame en 5 actes, en vers, par M. Jules Lacroix, 2e édition................. 2 »

MOI, comédie en 3 actes, par MM. Eug. Labiche et Ed. Martin....... 2 »

NOS ALLIÉS, comédie en 3 actes, par M. Pol Moreau.................. 2 »

PERMETTEZ, MADAME! comédie en 1 acte, par MM. E. Labiche et Delacour..................... 1 »

UN HOMME DE RIEN, comédie en 4 actes, de M. Aylic Langlé.............. 2 »

UN HOMME DU SUD, à-propos burlesque, mêlé de couplets, par MM. Henry Rochefort et Albert Wolff.. 1 »

UNE FEMME, UN MELON ET UN HORLOGER, vaudeville en 1 acte, par MM. Varin et Michel Delaporte... 1 »

UN TAILLEUR POUR DAMES, comédie, par Jules Renard................ 1 »

Coulommiers. — Typ. A. MOUSSIN.